Saskia Palmgren

Die Chirurgin

Ein lesbischer Roman …

… über die Liebe

und das Erkennen und Erwachen

einer Late-Bloomerin

Impressum

Bibliografische Information der Deutschen Nationalbibliothek:

Die Deutsche Nationalbibliothek verzeichnet diese Publikation in der Deutschen Nationalbibliografie; detaillierte bibliografische Daten sind im Internet über http://dnb.dnb.de abrufbar.

Illustration: Saskia Palmgren

Kontakt: saskia.palmgren@gmail.com

Herstellung und Verlag: BoD – Books on Demand, Norderstedt

ISBN: 978-3-7543-1188-2

Es war genau ein Jahr, dass ich nun schon als promovierte Medienwissenschaftlerin zur Pressesprecherin und Marketingbeauftragten des kleinen Klinikverbundes in der herrlichen Mittelgebirgslandschaft bestellt worden, und meiner Tätigkeit in Gänze verpflichtet war.

Meine Aufgaben waren vielfältig und sicherlich anspruchsvoll, aber nicht unerfüllbar, und außer den alltäglichen Routinen der zahlreichen Pressetermine, Anfragen und der Vorbereitung der Messen und anderer öffentlicher Darstellungen waren es gegenwärtig vor allem die neuen Internetauftritte für unsere Krankenhäuser und die angeschlossenen ambulanten Praxen, die mich beschäftigten.

Ich pflegte mittags oft die Kantine aufzusuchen, und an einigen Tagen fiel mir eine schlanke, fast zierliche Frau auf, die in ihrem Wesen etwas sehr Interessantes hatte:

Sie war in etwa so groß wie ich und kerzengerade, mit einer unglaublich kühlen, zurückhaltenden, fast versachlichten Ausstrahlung.

Sie musste um die fünfzig Jahre alt sein, vielleicht etwas älter.

Wenn sie in ihrem blendend weißen Kittel, den sie stets über der ohnehin reinweißen Arztkleidung trug, am Tresen stand und interessiert auf die Auslagen blickte, bemerkte man einen konzentrierten Blick, der sich aus dem Gesicht in Richtung des Gegenübers entfaltete.

Dieser Blick war durchdringend, und sie stach unter all den jungen Ärztinnen, die sich eher unbeschwert und lachend in die Reihen drängten, so außerordentlich hervor, dass man sofort einen Unterschied spürte, der mich in besonderer Weise einnahm, faszinierte und bewegte:

Diese Frau sah aus wie eine aus alten Filmen resultierende klassische Wissenschaftlerin, eine Institutsleiterin, eine Ärztin par excellence, wie man sie im wirklichen Leben eigentlich kaum noch vorfindet.

Sie hatte zugleich etwas Versachlichtes, Zurückhaltendes, fast Unterkühltes, Unnahbares, Herbes an sich, was sie distanziert erschienen ließ, und die gegerbte Haut ihres schlanken und schmalen Gesichtes ließ keine emotionalen Äußerungen zu.

Ich war Anfang vierzig und von dieser Frau unglaublich beeindruckt, was ich auch ganz ungestört wahrnehmen konnte, denn sie blickte bei den Besuchen in der Kantine stets nur – halb fragend, halb unschlüssig suchend, sich dann auch rasch entscheidend – in die unter Glasflächen appetitlich präsentierten und geschmackvoll angebotenen Speisen, um sich dann mit ihrem Tablett zu anderen Ärzten – ebenfalls alle in klinisches Weiß gekleidet – zu setzen.

Dort nahm sie, ganz in den Gesprächen mit den ärztlichen Kollegen befindlich, die Mahlzeit ein, und erhob sich dann mit der Gruppe wieder, um in ihrer kerzengeraden Erscheinung gemeinsam mit den Kollegen die Kantine wieder zu verlassen.

Mich sah sie überhaupt nicht, und dies war auch nicht ungewöhnlich, denn sie war ganz in sich versunken, und nur der suchende Blick auf die tagesaktuellen kulinarischen Köstlichkeiten verriet einen Hauch scheinbarer Zeitverschwendung in dem ansonsten offenbar sehr entschlossenen, festen Habitus, den sie an den Tag legte.

Der Ritus war immer gleich: Der Kreis der anderen Ärzte, der sich entweder schon gebildet hatte oder um sie herum formierte, bestand zumeist aus jungen, großen und fast schon als stämmig anzusehenden Männern, die in ihren lauten Äußerungen über verschiedene medizinische Untersuchungen vertieft das Essen konsumierten, meist recht schnell, um dann gemeinsam mit der Älteren – eben jener interessanten Ärztin – wieder zu enteilen.

Für mich als still Beobachtende war die Szenerie stets gleich, und man merkte, dass die Ärztin die sichere Routine ihres Handelns genoss und sich in dieser schützenden Umgebung wohlfühlte:

Zuweilen saß sie als Ältere mit dem Rücken, ein anderes Mal mit ihrem Blick in Richtung der hohen Fenster und vom sonstigen Publikum abgewandt; jedoch niemals an der Stirnseite, die ja den privilegierten Platz darstellte.

Es gelang mir nach einiger Zeit – sie war auch nicht täglich zur gleichen Zeit zu Tisch, sondern es geschah nur vereinzelt, dass ich ihrer ansichtig wurde – endlich herauszufinden, wie sie hieß:

Die aufgedruckten Namen waren nur aus al-
lernächster Nähe zu ersehen, und dies war
mir als zumeist erst nach ihr in die Kantine
Kommende zutiefst verborgen, ja nahezu
verwehrt, denn ich konnte mich unmöglich
auf- und zu ihr vordrängen.

Umso erfreuter war ich, als ich einmal neben
ihr stand und sie sich leicht zu mir neigte –
allerdings nur, um beim Servicepersonal zu
erfragen, ob das Dessert auch ohne Soße er-
hältlich wäre, und dann sogleich wieder auf
ihr Tablett zu schauen, das Geld herauszu-
holen und wortlos zu bezahlen.

Nun aber hatte ich endlich ihren Namen erfasst, und er schien mir wie Balsam zu klin-
gen: „Simone von Olden".

Darunter stand: „Klinik für Chirurgie", dann
der Name unseres Krankenhauses. Sie war
also Chirurgin, und die anderen Kollegen,
wie ich dann später sah, entweder ebenfalls
Chirurgen, oder – in der benachbarten Disziplin – Unfallchirurgen bzw. Orthopäden.

Man muss dazu wissen, dass der Unterschied zwischen der (allgemeinen) Chirurgie
und der Unfallchirurgie ein minimaler war:

Die erstere behandelte alles, was fleischliche Organe betrifft, und die Unfallchirurgie bzw. Orthopädie alles das, was mit Knochen und Gelenken zu tun hatte.

Ich durchkämmte das Internet und wurde außer auf unseren eigenen Seiten nicht weiter fündig: Ein Foto war nicht hinterlegt, aber dafür einmal ein Artikel, als ausländische Ärzte in der Klinik zu Besuch waren und sich zwei davon entschieden hatten, bei uns eine Facharztausbildung zu absolvieren.

Wir waren zudem akademisches Lehrkrankenhaus, worüber ein anderer Artikel zu finden war, aber leider – auch nach intensiver Suche – nichts weiter zu dieser interessanten Chirurgin.

Ich kleidete mich – wie üblich – in der geschäftlich schlichten Eleganz, also mit bevorzugt schlank geschnittenen Hosenanzügen, leicht ausgeschnittenen weißen Shirts, einer jeweils zum Anzug passenden Perlenkette und einer schönen, aber ebenfalls schlicht gehaltenen Armbanduhr und Chelsea-Boots mit Blockabsatz, die die jeweiligen Hosen auch fließend-fallend erscheinen ließen.

Dazu muss ich erwähnen, dass ich selbst leider nicht wie diese kerzengerade stehende und sich bewegende, fast schon kataleptisch „eingefrorene" Frau mit herber und versachlichter, vollendet schlanker, fast knabenhafter Figur wirken konnte.

Bei mir waren – vielfach zum Amüsement mancher Männer und interessanterweise in dieser Gegend Ostdeutschlands eher selten vorkommend – viel weibliche Rundungen ausgeprägt und dazu eine große Brust, die ich in Sport-BHs unterbrachte und die mit den ausgeschnittenen schlichten und körpernahen T-Shirts, die ich statt aufwendig zu pflegender Blusen bevorzugte, vorteilhaft wirkten. Meine Haare waren in einem einfachen schlichten Cut der Zwanziger Jahre, ganz ähnlich einem graduierten Bob, frisiert, und da ich leichte Wellen besaß, die sich wippend um den kurzrasierten Genickansatz legten, war das eine alltagstaugliche, weil leicht pflegbare Frisur, die sich nahezu von selbst legte.

Sie – Frau von Olden – hatte sehr feines, hellblondes und in Wellen fallendes Haar, das am Kopf eng anlag.

Es war sehr kurz geschnitten und zumeist hinter das Ohr gelegt, so dass es nicht in das Gesicht fiel. Sie verwandte offenbar auch nicht viel Zeit für das Haar, sondern es diente mehr oder minder als Bedeckung des Kopfes, aber weniger als Schmuck, dem sie erhöhte Aufmerksamkeit widmen müsse.

Man sah, dass sie sich den Diensten verschrieb und ganz für das Krankenhaus lebte.

Ich verwandte nicht viel Arbeit in die Suche oder Überlegung einer etwaigen Begegnung, denn dazu fehlte auch mir die Zeit: Eine neue Marketing-Strategie band mich in einer weiteren Aufgabe, nun eine öffentliche Veranstaltungsreihe für die Bevölkerung vorzubereiten, bei der zu medizinischen Themen verschiedene Referenten eingeladen wurden.

Neben der gesamten organisatorischen Vorbereitung waren es auch die Inhalte, die mit den Medizinern abzustimmen waren, und hierbei kamen im ersten Jahr diejenigen Bereiche in Frage, die über zu wenig Auslastung klagten: Kinder- und Jugendmedizin, Entbindung, Frauenheilkunde und Geburtshilfe.

Der Bereich der *Chirurgie*, dem die Ärztin zugehörig war, kam deshalb zunächst nicht in der Planung vor, denn Darmverschlüsse, Gallenblasen und vieles mehr mussten sowieso operiert werden. Nach der Festlegung und Absprache der Themen, Termine und Referenten hatte ich meinen Urlaub nehmen dürfen und war deshalb eine Woche nicht im Hause.

Ich brauchte die Zeit, um mich von den anstrengenden Abstimmungen im Hause, der Pressearbeit, Kommunikation und den vielen Hunderten Aktivitäten, die in meinen Bereich fielen, zu erholen und neue Kraft zu schöpfen.

Als ich wieder aus dem Urlaub zurückkehrte, war aus dem frühlingshaften Wetter ein herrlicher Frühsommer geworden, und ich riss das Fenster meines Büros auf, um die erquickende Morgenluft einzulassen.

Während ich die Mails sichtete, die Liste der eingegangenen Telefonate abrief und mich mit den bevorstehenden Terminen befasste, drang ein lautes Rufen an mein Ohr.

Ich horchte zunächst auf, weil ich nicht einordnen konnte, ob es von den Bauarbeiten der Straße kam oder aus einer der anderen Richtungen, und vertiefte mich dann doch wieder in meine Arbeit.

Immer wieder jedoch hörte ich, wie jemand rief: „Hallo. Hallo!", und dann schon etwas lauter: „Warum kommt denn keiner?", und wieder: „Hallo, warum kümmert sich niemand um mich?", und ich bemerkte nun auch endlich, woher das Rufen kam:

Es drang aus einem der benachbarten Bettenhäuser unseres Krankenhauses, direkt neben dem Gebäude, das die OP-Säle beheimatete. Ich sandte die Auszubildende aus der Geschäftsführung, die nur zwei Zimmer weiter befindlich war, auf ihrem Gang in das Hauptgebäude zum Postverteiler im Hause, um doch einmal herauszufinden, woher das Rufen kam.

Es kam tatsächlich – wie schon vermutet – aus einem der Patientenzimmer, und zwar aus der zweiten Etage.

Ich beschloss, mich selbst auf den Weg zu machen und begab mich in das hier angeschlossene Haus, fuhr mit dem Fahrstuhl in die zweite Etage und erfragte bei der diensthabenden Schwester, ob es richtig sei, dass aus einem der Patientenzimmer Rufe nach außen schallten – dies nähme ich nun schon seit einer halben Stunde wahr. Ich bat zugleich um Verzeihung, einfach so zur Station zu kommen, und fragte, ob ich mich dem Rufenden vorstellen und ein Gespräch mit dem Patienten führen dürfe.

Die Schwester empfing mich mit einem Lächeln und sagte mir mit einem tiefen Seufzen: „Ja, aber natürlich, bitte gehen Sie gern zu ihm, er liegt im Zimmer fünf."

Und sie fügte hinzu: „Aber, das wissen Sie sicherlich nicht: Er ruft nicht erst seit einer halben Stunde, sondern schon fünf ganze Tage."

„Ach Gott", sagte ich, „das ist ja furchtbar!" Ich beeilte mich, gleich noch teilnahmsvoll hinzuzufügen:

„Ich kenne die Personalsituation natürlich und weiß, dass Sie voll ausgelastet sind."

Sie nickte und fügte hinzu: „Gehen Sie ruhig hinein, wir schicken Ihnen die Stationsärztin nach."

Eine andere Schwester klappte die Tür auf, und ich atmete kurz durch und ging zu dem Patienten, der bei geöffnetem Fenster in seinem Bett lag, mich anschaute und gerade zu einem weiteren Rufen ansetzen wollte.

Ich begrüßte ihn und sagte etwas lauter, da er schon etwas älter schien:

„Guten Tag, mein Herr, bitte entschuldigen Sie, dass ich Sie unterbreche – mein Name ist Meinhardt, ich bin hier für die Öffentlichkeitsarbeit zuständig. Sie rufen ja so laut, das hört man bis in die Geschäftsführung.

Was haben Sie denn, die Station kümmert sich doch ausgezeichnet um Sie?"

Der Patient verstummt daraufhin ganz plötzlich und schaut mich mit seinen großen Augen, die aus dem faltigen, herben und schon von viel Lebenserfahrung gezeichneten Gesicht blicken, unsicher und unschlüssig an.

Ich komme allerdings nicht dazu, weiter zu sprechen oder zu fragen, denn auf einmal steht neben mir eine etwa gleichgroße, gertenschlanke Frau in weißer Arztkleidung, schaut mich durchdringend an und fragt mich mit fester und entschlossener Stimme, mir intensiv in die Augen blickend:

„Guten Tag, darf ich fragen, wer Sie sind und was Sie hier auf meiner Station machen?".

Ich muss mich rasch fassen, ohne mich zu verlieren, denn jene Frau war die schon besagte Chirurgin, die mich nun – nicht ganz ohne eine gewisse kritische Distanz – mustert und herausfordernd auf meine Antwort wartet, woraufhin ich ihr entgegne:

„Verzeihung, Frau von Olden, dass ich hier einfach so in Ihren Bereich eindringe.

Wie Sie sicherlich wissen, bin ich seit etwas mehr als einem Jahr Pressesprecherin und Marketingbeauftragte, und als solches für die Außenwirkung des Hauses zuständig."

Sie mustert mich noch intensiver, und ihre strahlend-blauen Augen scheinen mich zu durchdringen. Ich sage daraufhin lächelnd, und mit einer gewissen Überzeugung:

„Wenn Sie erlauben, würde ich gern kurz mit dem Patienten ein Gespräch führen – aber natürlich nur, sofern Sie nichts dagegen hätten und die medizinische Indikation es auch zulässt."

Ich mache eine bedeutungsvolle Pause und schaue sie erwartungsvoll an, während sie mich weiterhin kritisch, aber mit einem Lächeln von der Seite mustert.

Nun tritt sie noch näher heran, strahlt mir ins Gesicht und sagt mit leicht geneigtem Kopf: „Ich weiß natürlich, wer Sie sind, und der arme Patient, den Sie hier sehen, ist ein bedauernswerter Fall, bei dem Sie nicht mehr viel tun können. Senile Demenz – wenn Sie wissen, was das ist. Er wird heute Abend nicht mehr wissen, wer Sie waren, aber Sie können es gern versuchen."

Ich lächle sie einmal mehr charmant an und frage sie, die sie immer noch neben mir steht, ganz offen: „Ist er bereits operiert worden bzw. können Sie etwas zur Behandlung sagen?", woraufhin sie ernst entgegnet:

„Ja, ihm wurden – allerdings nicht von uns – beide Beine amputiert, er steht unter Betreuung und kommt aus dem Pflegeheim. Man hat ihn aufgrund einer entzündlichen Erkrankung zu uns geschickt, und wir müssen ihn noch ein paar Tage zur Behandlung behalten, aber er ruft unablässig und wir können ihn auch nicht unaufhörlich sedieren."

Leise fügt sie noch hinzu. „Er möchte natürlich, dass sich unentwegt jemand mit ihm beschäftigt, aber das können wir unmöglich leisten."

Ich nicke stumm und betroffen. Dann wende ich mich unverzüglich dem Patienten zu, der längst nicht mehr ruft, sondern ganz still ist und uns beide anschaut.

Er hatte die ganze Zeit über schweigend-interessiert unserem Gespräch gelauscht, und so frage ich ihn ganz offen: „Wie heißen Sie? Und was kann ich für Sie tun?"

Er denkt kurz nach und sagt dann bitter:

„Ach, wissen Sie, ich fühle mich ganz elend. Ich kann nichts tun und niemand kümmert sich um mich."

Ich schaue kurz zur Chirurgin, die im Raum geblieben ist, kerzengerade und fast ein wenig herausfordernd neben mir steht und aufmerksam unseren Dialog verfolgt, und sage dann zu ihm:

„Ich bin jetzt hier, was möchten Sie denn haben? Bitte äußern Sie einen Wunsch, und wenn es in unserer Macht steht, dann wird er Ihnen sofort erfüllt. Also – was können wir für Sie tun, mein Herr?"

Die Ärztin will mich auf meine gefährliche Frage, die eine Vielzahl von Wünschen des Patienten nach sich ziehen könnte, aufmerksam machen und streckt ihren Arm in meine Richtung, den ich jedoch sanft ergreife, dabei den Blick nicht vom Patienten lassend, und spreche mit ruhiger Stimme zu ihm: „Sehen Sie, das Team von Frau Dr. von Olden wird alles tun, damit Sie wieder gesund unser Krankenhaus verlassen können."

Ich spüre den durchdringend auf mir ruhenden Blick von Frau von Olden, die gespannt und schweigend wartet – eine unendliche Stille ist jetzt im Raum.

Der Patient schaut mich wieder ganz sanft an, und ich füge hinzu: „Und wenn *ich* irgendetwas für Sie tun kann, dann sagen Sie es einfach Frau Dr. von Olden, einverstanden? Sie ruft mich dann über ihr Personal an, ja?"

Nun ist es die Chirurgin, die mich verwundert und leicht amüsiert anschaut, und ich frage sie gleich, ohne eine Bemerkung von ihr abzuwarten: „Sagen Sie, Frau von Olden, ich möchte Ihnen natürlich nicht noch zusätzliche Arbeit bereiten, aber der Patient ist hier einzeln untergebracht – können wir ihm nicht eine TV- und Fernsehkarte zukommen lassen? Ich würde diese gern erwerben, aber bitte auf meine Rechnung, und ihm zur Verfügung stellen." Und ich ergänze noch:

„Es ist doch mitunter sehr einsam und wir können sonst kaum etwas für ihn tun."

Der Patient setzt sogleich wieder zum Rufen an, und ich frage die Ärztin nach seinem Namen, um ihm dann mitzuteilen:

„Herr Müller, wir haben uns gerade etwas für Sie überlegt: Sie bekommen von uns eine Karte für den schönen Fernseher, den Sie nutzen können.

Ich lasse Ihnen für das Telefon auch meine Durchwahl auf dieser Karte zu Ihrer Verfügung hier. Wenn Sie etwas benötigen, rufen Sie mich einfach über den Hausapparat an. Und wenn Sie einverstanden sind, komme ich Sie morgen wieder besuchen, um zu sehen, wie es Ihnen geht, ja?"

Nun nickt der Patient ganz freundlich, legt sich ganz brav nieder und deckt sich bis zum Hals mit der leichten Sommerdecke zu.

Die Chirurgin lächelt unwillkürlich und sagt zu mir – fast ein wenig spöttisch:

„Sie wissen aber, worauf Sie sich jetzt einlassen, oder?", und ich entgegne ihr aufrichtig und ganz ernsthaft – so, als ob ich eine Angehörige des Patienten wäre:

„Ja, sehen Sie, das ist mein Beruf – ich bin in erster Linie Kommunikatorin, aber ich verstehe mich auch als ein Problemlöser, und wenn Sie so wollen, kämpfe ich gern für die Rechte der Entrechteten."

Sie strahlt mich an, lächelt wissend und nimmt mich mit einer weichen, ganz wunderbaren Geste aus dem Zimmer.

Dann winkt sie einem Pfleger und bedeutet ihm, sich kurz bereitzuhalten, wirft ihren Kopf zurück und schaut mich durchdringend an: „Er hat tatsächlich aufgehört zu rufen – wie haben Sie das gemacht?"

Nun bin ich es, die sanft lächelt. Ich trete noch etwas näher auf sie zu, schaue in ihre blauen Augen, die fasziniert in die meinen blicken, und füge hinzu: „Sehen Sie, dieser Patient hier hat eigentlich nichts mehr im Leben, was es lebens- und liebenswert macht. Er ist sich aber – offenbar *trotz* der Demenz – ganz realistisch seiner Situation bewusst, und es wäre seltsam, wenn er hier – auch im übertragenen Sinne – aus dem Bett hüpfen würde vor Freude.

Ich glaube, *dann* müsste man sich Sorgen um seinen Geisteszustand machen, nicht jedoch, wenn er – situationsbedingt und ganz wirklichkeitsbezogen – traurig und einsam ist. Ich möchte da gern anknüpfen, und wenn ich nur ein klein wenig dazu beitragen kann, dass er für einen Augenblick das Schicksal vergisst, das ihn ja nun noch für den Rest seines Lebens begleiten wird, dann haben wir beide bestimmt viel Gutes getan."

Es durchströmt mich heiß, als sie daraufhin meine Hand ergreift und sagt:

„Sie sind eine bemerkenswerte Frau, darf ich Ihnen das sagen?", woraufhin ich bescheiden schaue, aber dann rasch hinzufüge: „Sie aber ebenso, schließlich mussten Sie – wie man mir vorhin sagte – das Rufen fast eine Woche ertragen."

Sie sagt daraufhin seufzend: „Sie können sich nicht vorstellen, was wir hier zuweilen für Patienten haben, es ist oftmals so, dass wir uns fragen, warum wir uns das antun. Wissen Sie, wie die Patienten zu uns kommen?"

Ich äußere nichts und warte gespannt auf ihre Bemerkungen.

„Die Patienten sind ungepflegt, keine Zähne mehr im Mund, auch sonst mit allen Arten von Begleiterscheinungen, wie Alkohol-Abusus. Es ist für uns wirklich eine Zumutung..."

‚Sie drückt sich toll aus', denke ich mir, während sie noch weiter innerlich seufzt und mich mit einer Mischung aus Traurigkeit und Hoffnung anschaut.

Es mischt sich ein sanftes Lächeln in ihr Gesicht, wieder durchströmt es mich heiß, und ich streiche ihr sanft über den Arm und frage sie rasch:

„Hatten Sie den Pfleger geordert, um die Fernsehkarte zu kaufen?", woraufhin sie nickt und ihn, der er noch wartend in einem Nebenraum stand, nun zum Automaten im Foyer entsendet.

„Ich muss wieder in mein Büro", füge ich hinzu, nachdem ich dem Pfleger das Geld für die Pfandkarte für TV und Telefon übergebe.

„Ich muss auch wieder los, ich bin gleich im OP eingesetzt", sagt sie, nicht ohne eine gewisse Traurigkeit, und schlägt ihre Augen nieder. Ich berühre noch einmal vorsichtig mit meiner Hand ihren Arm und füge hinzu:

„Ich rufe Sie noch einmal am Nachmittag an, wie es dem Patienten geht, wenn ich darf", woraufhin ihr Gesicht erstrahlt, sich wie ein ganzes Universum offenbart, und sie mich mit einem wunderbaren Blick anlächelt.

Ich nicke dankbar, lächle zurück, wende mich dann rasch ab und eile zum Treppenhaus.

Ich spüre, wie sie mir noch nachschaut und ihre durchdringenden Augen auf mir ruhen.

Der gesamte Tag war dann mit reichlichen Aufgaben ausgefüllt, und ich war so beschäftigt, dass ich erst am Abend dazu kam, das Büro zu verlassen und noch einige Einkäufe zu tätigen.

Zu Hause angekommen, befiel mich dann ein durchströmendes Gefühl an die wunderbare Ärztin, deren Blick ich in diesem Moment wieder auf mir ruhend spürte.

Wie es wohl dem Patienten gehen mochte?

Dabei fiel mir ein, dass ich ja zugesagt hatte, mich am Nachmittag wieder nach ihm zu erkundigen, aber auf Station erfahre ich, dass die Dienstzeit bereits vorüber ist und die Ärztin schon gegen 16.00 Uhr das Haus verlassen hat.

Nun entschließe ich mich, über die Online-Telefonbuch-Suche ihren Kontakt auszulesen, und werde auch fündig, denn sie ist tatsächlich eingetragen:

In einem der nahegelegenen Dörfer der Umgebung ist sie mit einem großen Haus und umgebenden Garten, wie die Sichtung des Luftbildes ergibt, und ihrem eigenen Namen, verzeichnet:

„Dr. med. Simone von Olden, Waltersdorf".

Was für ein wunderbarer Name! Ein Gedicht!

Mir schlägt das Herz bis zum Halse, als ich wähle, und tatsächlich meldet sie sich auf ihrem Privatanschluss ganz schlicht mit ihrem Namen:

„Von Olden?"

Allein ihre Stimme versetzt mich in Erregung, und ich muss schlucken und atme noch einmal tief ein und aus.

Ich bitte – das hatte ich mir in meiner dezenten Kommunikation einmal vor Jahren schon so angewöhnt – erneut um Verzeihung, noch dazu für die abendliche und private Belästigung, was sie jedoch überhaupt nicht zu stören scheint.

Ganz zwanglos und in angenehmer Stimmung kommen wir nun wieder ins Gespräch.

Weit über das bloße Erkunden des Gesundheitszustandes des Patienten vertiefen wir uns am Telefon, und die Warmherzigkeit und die gegenseitigen Komplimente, insbesondere von ihrer Seite, in denen sie mir erneut ihre Bewunderung für meine deeskalierende Kommunikation, mein ungezwungenes Eingreifen und meine Ausstrahlung macht, berühren mich.

Für mich ist es fast so, als ob wir wieder wie auf ihrer Station nebeneinander stehen würden, und ich freue mich über alle Maßen, dass ich sie endlich kennenlernen durfte; und dies, obgleich der Anlass doch – wie ich im Nachgang denken muss – eigentlich höchst kritikwürdig gewesen sein musste:

Da hat jemand keinerlei Beine mehr, ist entmündigt, wird im Pflegeheim nur unzureichend behandelt, die Wunde infiziert sich und er liegt siechend auf einer Station eines kleinen, aber doch feinen Krankenhauses in der Provinz – ohne Medien, ohne Unterhaltung und ohne Zuwendung.

Im Gespräch fragt mich Frau von Olden, ob wir uns nicht näher kennenlernen wollen – gern würde sie sich einmal ganz außerdienstlich mit mir treffen – vielleicht zum Kaffee?

Es durchströmt mich noch heißer, und ich sage ihr, dass ich in nächster Zeit sehr ausgelastet sein würde, weshalb ein Treffen noch warten müsse.

Ich füge noch hinzu, dass wir sicher wieder telefonieren, und uns außerdem wahrscheinlich auf der Station begegnen würden, denn ich hatte dem Patienten ja versprochen, ihn wieder zu besuchen.

Nun ist sie es, die mir offenbart, dass sie ihren eingereichten Urlaub nimmt, und wir verbleiben beide in der Vorfreude auf ein gemeinsames Treffen, wenn sich dann ein passender Zeitpunkt danach ergeben würde.

Ich merke, dass es ihr schwerfällt, sich aus dem schönen Gespräch zu lösen, und mir selbst geht es ebenso.

Ich freue mich unendlich und danke dem Schicksal, das diese wunderbare Frau zu mir und mich zu ihr führte.

Den ganzen Abend und die nachfolgenden Tage musste ich an sie denken, und ich versuchte, ein wenig ein Profil über sie zu erstellen:

Sie war allein im Telefonbuch eingetragen – ob es überhaupt einen Partner gäbe? Sicherlich war sie verheiratet und nun geschieden – in jedem Falle aber war nur *sie* eingetragen, das bedeutete, der Anschluss lief nicht auf eine andere Person. Hierfür sprach auch, dass sie selbst abnahm.

Sie schien sich auch nicht darüber zu wundern, dass ich einfach ihre private Erreichbarkeit gewählt hatte, und zugleich war sie offenbar ganz transparent, ließ sich in das Telefonbuch eintragen und hatte nichts gegen einen privaten Kontakt.

Das erschien wiederum mir selbst ungewöhnlich, da sie sich dienstlich eher zurückhaltend, in der von mir ja schon so bewunderten hochgradig versachlichten, emotionslosen Art dargestellt hatte.

Als ich überlegte, wie es bei mir selbst wäre, wurde ich mir dann auch hier erstmals darüber bewusst, wie unterschiedlich wir waren:

Ich selbst kommunizierte dienstlich und außerdienstlich äußerst stark und offensiv – dies war ja meine Aufgabe und von allen Seiten geschätzt und anerkannt.

Mir fiel es nicht schwer, Menschen anzusprechen, und meine Aufgabe war ja hier vor allem die Pressearbeit, die Außenkommunikation und die Abstimmung mit den verschiedenen Zielgruppen – Patienten, Angehörige, unsere Ärzte und das Pflegepersonal im Hause, die Medienpartner, Sponsoren und viele weitere.

Privat jedoch – dies war bei mir tatsächlich genau umgekehrt – hatte ich mich bewusst distanziert gehalten. Ich war dienstlich stets erreichbar, man konnte mich – mit einem dienstlichen Grund – natürlich immer anrufen, aber privat wünschte ich keinerlei Kontakte, und wenn mich jemand einfach so angerufen hätte, würde ich dies als eine eklatante Störung mit Sicherheit abgewiesen haben.

Privatleben war privat und blieb der Privatheit vorbehalten – das hatte ich mir erbeten und lebte es auch so.

Dafür – so war ich mir ganz sicher – kultivierte ich mein Bedürfnis nach Nähe über Kommunikation, Kultur, Kreativität und meine zahlreichen Netzwerke.

In der Begegnung mit ihr war es aber anders, denn diese Frau sprach mich an – in jeder Beziehung – und es war mein Herz, das lautstark klopfte, wenn ich an sie dachte.

Was für eine göttliche Fügung musste das gewesen sein, ihr zu begegnen, und noch dazu war sie von meinem Handeln nicht geschockt oder brüskiert, sondern sprach mir ihre Anerkennung und Wertschätzung aus – ganz offen, fast schon zu nah und zu privat – dies hatte ich mir nie zu träumen gewagt.

Frau von Olden wirkte auf mich auch nicht so, als ob sie sich – wie ich es dienstlich tat – einfach freimütig gegenüber anderen Menschen äußern würde und diese ganz zwanglos ansprechen, mitnehmen und in deren Leben einwirken würde.

Ganz im Gegenteil:

Meiner Einschätzung nach war ihr dienstlich-distanziertes Verhalten eine Art fester, wahrscheinlich sicherer Form, sich Achtung und Respekt zu verschaffen, keine tiefere Nähe zuzulassen, und Gefühle – falls überhaupt – nur sparsam und dosiert zu äußern, unmerklich, keinesfalls nach außen zu zeigen und zu offenbaren.

Diese Frau war eine professionelle Medizinerin: Sie stellte die dienstlichen Erfordernisse des Krankenhauses stets über ihre eigenen Bedürfnisse.

Simone von Olden war eine Frau, die sich offenbar niemals gehen ließ und die sich möglicherweise im Dienst in ihrer gelebten, aus meiner Sicht hochprofessionellen Art, jedwede Emotion versagte, jede Annäherung verbat und jede persönliche Ansprache als einen Eingriff empfand.

In ihrer Abwesenheit nutzte ich die Zeit, um den Patienten zu besuchen und dabei – vorsichtig, beiläufig, nicht zu offensichtlich – einige Erkundigungen über sie anzustellen. Zu groß war meine Neugier, Näheres über sie zu erfahren, und Zahlreiches erschloss sich mir, ohne im Hause aufzufallen.

Sie war tatsächlich bereits 59 Jahre alt, zweimal geschieden, hatte zwei erwachsene Kinder – eine Tochter und einen Sohn; beide waren im wissenschaftlichen Bereich von Universitäten tätig: die Tochter Natur-, der Sohn Ingenieurwissenschaftler.

Sie lebten nicht in der Umgegend, sondern hatten sich in größere Städte niedergelassen und dort ihren Wohnsitz begründet. Die Tochter hatte schon zwei eigene Kinder, der Sohn stand noch am Anfang seiner Karriere und war ungebunden.

‚Interessant‘, dachte ich so bei mir, ‚auch die Kinder sind eher in den Bereich der naturwissenschaftlichen bzw. technischen Richtung gegangen, also ganz ähnlich wie die Mutter.

Diese hingegen hatte wohl – dies wurde unter der Hand berichtet – schon einige Male Kontaktanzeigen aufgegeben, die allerdings unter den allgemeinen Umständen gänzlich ohne Erfolg verlaufen waren:

„Chirurgin, 56, promoviert, blond und sportlich-schlank, gut verdienend, sucht Partner für gemeinsame Ausflüge und kulturelle Besuche – Privateres nicht ausgeschlossen“.

So fand ich es schließlich im Archiv eines kleinen Lokalblättchens. Ich las es zweimal und musste amüsiert lächeln:

Eine promovierte Ärztin, noch dazu eine Chirurgin, also eine Frau, die Menschen aufschneidet und wieder zunäht, die als Mittfünfzigerin reichlich erfahren, im engeren Sinne gut situiert und selbstbestimmt agierend hier einen Partner suchte, war vermutlich *nicht* der Inbegriff der männlichen Vorstellung von einer Frau, die einen potentiellen Verehrer *als Mann* ansprechen konnte:

Männer liebten natürlich zwar schlanke und blonde Frauen mit blauen Augen, aber dann solche, die möglichst unter 25 Jahren jung, dann idealerweise nicht studiert, erst recht nicht weiter akademisch gebildet und nicht notwendigerweise gut situiert sein mochten.

Eben jene selbstbestimmten und emanzipierten Frauen, die sämtliche Erfahrung aus einem erfolgreichen Beruf mitbrachten, in dem sie über Leben und Tod zu entscheiden hatten, und die dann auch privat selbst darüber bestimmten, was sie tun oder unterlassen, und wie sie ihr (selbst erarbeitetes) Geld ausgeben würden – das war und wirkte doch ganz sicher eher wenig anziehend.

Aus Sicht eines Mannes der heutigen Zeit musste das schon fast als abträglich, nahezu abstoßend wirken, obwohl die Darstellung und die Intentionen dieser wunderbaren Frau eigentlich auf alle ihre Vorzüge ausgerichtet waren, mit denen sie ja auch in keiner Weise übertrieben hatte.

Eine so selbstbewusste und souveräne Frau würde mit Sicherheit auf einen Mann, dem nichts wichtiger erschien, als selbst zu erobern, sich selbst darzustellen und sich mit der zu erkämpfenden Frau zu schmücken, nicht in erster Linie anziehend wirken: Männer liebten im Allgemeinen nur sich selbst.

Sie genossen es, eine weniger gebildete Frau an ihrer Seite zu wissen, die sie anbeten würde und der sie die Welt erklären und begreifbar machen wollten. Sie würden sich immer eine Frau wählen, die ihnen dankbar wäre für jede Einladung und für das wenige Geld, das sie ihr dann dosiert zuschreiben würden bzw. zugestanden hätten.

Eine so überragend auftretende und erfahrene Frau musste folglich nur auf Männer ansprechend wirken, die etwa einwohnen und sich durchessen wollten, aber der Beruf der Chirurgin würde dann in der psychologischen Interpretation des Messers als *Waffe*, das jene Frau geübt zu handhaben verstand, verhindern, dass auch nur irgendjemand mit solcherlei Gedanken sich dieser Frau angenähert hätte. Vermutlich – so konstatierte ich – hatte sich nie jemand auf diese Annonce gemeldet.

Man musste noch bedenken, dass viele Männer nicht nur junge Frauen als anziehend empfanden, sondern vor allem auch solche, die möglichst langes Haar offen zur Schau tragen würden – niemals solche, deren Haar gebunden, damit auch nicht angreifbar, und vor allem stark gekürzt worden war.

Solche Frauen trugen – auch Sicht eines Mannes – ihre Emanzipation überdeutlich vor, mit und um sich; und diese Frauen wollten nicht erobert, verführt oder entführt werden, denn sie bestimmten selbst über sich und ihr Leben.

Offenbar musste die Ärztin – unwissend, dass sie keinerlei Schuld daran trug und nur die Gesamtumstände ein anvisiertes Rendezvous verhindert hatten – ihre Anzeigen immer wieder erneuert haben, denn ich stieß auf mehrere ähnlich lautende Eintragungen in den Lokalblättchen der kleinen Region; und sie stammten allesamt aus einem Jahr, waren dann aber nicht mehr erneuert worden.

Ob sie sich bewusst war, wie sie auf Frauen wirkte bzw. dass sie *eher auf Frauen* als auf Männer eine Anziehungskraft verströmte? Ob sie sich dieser besonderen Ausstrahlung, der man nur erliegen konnte, wenn man hinter die Dinge schaute, überhaupt gewärtig war?

War sie sich denn überhaupt bewusst, in ihrer – von mir innig verehrten, ästhetisierten und zurückhaltenden – Eleganz, die aber weniger feminin war, sondern eigentlich fast schon eine unterkühlte, sachliche Erotik darstellte, auf mich eine starke Ausstrahlung zu verströmen, der ich mich kaum zu entziehen vermochte?

War sie sich denn wirklich bewusst, dass sie in ihrer versachlichten, kühlen Weise äußerst attraktiv und begehrenswert vor allem auf Frauen wirken musste, die sich eindeutig nur als frauenliebende Frauen definierten?

Wahrscheinlich war ihr das niemals in ihre Gedanken gekommen, und sicherlich empfand sie sich selbst als weiblich und in ihrem Selbstbild als Frau – korrekterweise war dies auch so durch den Beruf bestätigt – auch als erfolgreich. Sie definierte sich als über diesen objektiv messbaren Erfolg ganz bestimmt aus ihrer eigenen, subjektiven Sicht als beruflich ausgefüllte und auch *erfüllte*, damit auch anziehende und attraktive Frau, die ihre Bedürfnisse artikulieren wollte.

Auf diese – aus ihrer Perspektive – konservativ-seriöse, elegante und offene, transparente Weise setze sie ihre eigene Perspektive über die besagte Zeitungsannonce um.

Das Bedürfnis nach Partnerschaft musste in ihr also durchaus ausgeprägt gewesen sein, wenngleich sie sich dienstlich doch eher distanziert, wenig mitfühlend, in eben jener Strenge definierte, die ich so an ihr mochte.

Ich musste gleichfalls kritisch darüber nachdenken, wie wenig Empathie sie eigentlich
dem Patienten entgegengebracht hatte, und
auch, dass sie sich eher weniger für die Menschen ihrer Umgebung zu interessieren
schien, sonst wäre sie auch in der Kantine
aufmerksamer gewesen und hätte andere
Menschen – ich war ja doch erst in den Ver-
bund eingetreten und als Repräsentantin für
die verschiedenen Krankenhausstandorte
nach außen tätig – angeschaut und bemerkt.

Dies war aber nicht der Fall – sie schien sich
nicht von selbst in eine Kommunikation zu
begeben, nur mit ihresgleichen.

Dieser Widerspruch, diese Ambivalenz
machte sie für mich umso interessanter und
wertvoller – und ich freute mich schon auf
das Wiedersehen, und machte mich täglich
ernsthafter und engagierter an die Arbeit.

Eines Tages war es soweit, ich rief sie an
und sprach ihr einen Tag, bevor sie aus dem
Urlaub kommen würde, auf den Anrufbeantworter.

Ich machte meine Freude auf ein Wiedersehen deutlich und bat sie, sofern sie denn einen Freiraum zur Verfügung hätte, um eine passende Vereinbarung bzw. einen Vorschlag zu einem Treffen – entweder auf Station, in meinem Büro oder außerhalb.

Noch während meines Anrufes unterbrach sie das Gespräch und klinkte sich ein. Offenbar hatte sie mitgehört, war schon zu Hause und entschloss sich jetzt, den Hörer auch abzunehmen.

Ich bat erneut und in meiner offenen Art mit einem Lächeln und Vorfreude um Verzeihung und stellte mir ihr Gesicht vor:

Ihre wunderbaren und schönen blauen Augen, ihre kleinen, schmeichelnden Fältchen, die ihre Augen so liebevoll umrahmten, und ihre zauberhafte, grazile und dennoch starke, aufrechte und geradlinige Erscheinung.

Sie sagte nüchtern, aber es schwang auch eine gewisse Aufregung mit, dass sie im Haus und im Garten gearbeitet hätte und sich gern mit mir treffen würde.

Sie machte gleich deutlich, dass sie einladen wollte – in eines der schönsten Cafés dieser Stadt, einer alten Salz- und Handelsstadt mit großer historischer Vergangenheit.

Das Café lag direkt am Marktplatz mit dem großen Marsbrunnen. Ich kam zu spät, da ich noch von einem Journalisten angerufen wurde, und musste aus dem Büro eilen und in meinen Wagen steigen.

Sie saß in einem schneeweißen, hocheleganten sommerlichen Hosenanzug und einer interessanten kleingepunkteten durchscheinenden Bluse schon im Außenbereich des Cafés, ihre Haut gebräunt.

Als ich meinem Wagen entstieg, den ich am Rand der Fußgängerzone geparkt hatte, und sie meiner ansichtig wurde, erhob sie sich, kam auf mich zu und strahlte mich an:

„Schön, dass Sie gekommen sind", und das Lächeln war voller Wärme und Dankbarkeit.

Ich musste mich entschuldigen und bat nochmals aufrichtig um Verzeihung für die Verspätung, sie aber sagte lächelnd: „Ich weiß, dass Sie viel zu tun haben, und habe mir schon etwas bestellt. Was nehmen Sie?"

In ihrem Lächeln schien sich ein ganzes Universum zu offenbaren, und ich bestellte mir einen Eisbecher und eine heiße Schokolade.

Sie legte ihre Hand auf meine, und fragte: „Übrigens, ich heiße Simone. Wollen wir ‚Du‘ zueinander sagen?"

Ich nahm dies gern an, und da wir beide promoviert waren, lachten wir und stießen mit den Getränken an.

Den gesamten Nachmittag über plauderten wir – über das Klinikum, die Patienten, die anspruchsvolle Pflege – als sie zu mir sagte:

„Weißt Du, Dana, ich muss Dir etwas sagen."

Nun erzählte sie mir aus ihrem Leben, von ihren gescheiterten Ehen, ihren Kindern und ihrem Haus, das sie als Belastung empfand, weil ihre Kinder ihr bereits offenbart hatten, nie wieder in diese Gegend kommen zu wollen, da sie in größeren Städten (die Tochter lebte in Berlin) Heimat gefunden hätten, und dass sie selbst diese Provinzialität hier in der landkreisgeprägten Region sehr belasten würde.

Ich hörte ihr aufmerksam zu und sagte ihr dann, dass ich als Stadtkind aufgewachsen war und gesehen habe, dass ihr schönes Haus auf dem Satellitenbild, das ich über ihre Telefonbuchadresse von meinem Handy aus eingesehen hatte, neu, modern und sehr gepflegt aussah.

Ich hatte auch gesehen, was für ein großes Grundstück das Anwesen einrahmte und sagte ihr dies ganz offen und voller Bewunderung, es schwang keinerlei Neid mit, sondern ernsthafte Freude über dieses schöne und große Haus auf dem Lande.

Ich fügte außerdem hinzu, dass es für mich, die ich mich nie für Kinder entschieden hatte, großartig wäre, wenn jemand schon erwachsene Kinder haben würde.

Sie, die sie sich auf die Sicherheit ihres Berufes verlassen konnte, den es immer geben würde, in allen Kulturen und Gesellschaften dieser Welt, war doch mit keinem einzigen Grunde einem Risiko ausgesetzt – ich erzählte ihr, dass ich all das als etwas ganz Besonderes, ja Privilegiertes empfinden würde.

Eigentum an Wohnraum, Grund und Boden – ganzgleich, ob in der Stadt oder auf dem Lande – seien aus meiner Sicht etwas ganz Wichtiges, denn schließlich musste man sich nicht mit Mieten belasten und könne tun und unterlassen, was man wolle.

Sie stutzte, weil sie dies offenbar nie so gesehen und empfunden hatte, und war am Ende des Abends ganz erleichtert und berührt.

Dies schloss mein Bild von ihr, dass sie einerseits unzufrieden und unausgeglichen zu sein schien, und andererseits in ihr ein Bedürfnis nach menschlicher Nähe und Wärme schlummerte, welches sie durch ihre Arbeit und die dortige Routine nicht auszufüllen vermochte, oder dieses auch als langweilig, weil immer gleichartig, unspektakulär geprägt, empfunden haben musste.

Immer wieder ruhte ihr dankbarer Blick auf meinem Gesicht, und immer wieder betonte sie, wie wohl ihr meine Anwesenheit und dieser Perspektivwechsel tun würde.

Ich kam aus der Selbständigkeit und hatte ihr geschildert, wie das ist, wenn man Hunderte Sachen gleichzeitig zu erledigen hatte, mit allen Leuten kommunizieren und Netzwerke pflegen würde, jeden Tag andere Gebiete durchdringen musste, weil man sich in die vielen verschiedenen Bereiche einzuarbeiten hatte, und die Ideen und Initiativen zu Werbekampagnen, Layouts, Designs und Slogans umformulieren musste.

Dass dies alles dann auch noch innerhalb kürzester Zeit fertiggestellt werden musste – nur dann konnte man schließlich seine Honorarrechnung einreichen – machte sie sehr nachdenklich, und zum ersten Mal fühlte ich, dass sie eine große Last abwarf.

So hatte sie dies nie gesehen, und diese Wahrnehmung tat ihr sichtlich gut, und immer wieder hatte ich das Gefühl, dass sie einerseits nachdenklich in sich versunken saß und meine Perspektive erst annehmen musste, andererseits merkte man, wie sie sichtlich aufblühte und das Gespräch genoss.

Der Abend kam herbei, und nur wenige Gäste, die wir ohnehin kaum wahrgenommen hatten, waren noch verblieben. Wie rasch die Zeit vergangen war!

Nun mussten wir voneinander Abschied nehmen, und nachdem sie wie selbstverständlich die Rechnung übernommen hatte (sie bestand darauf und ließ sich nicht davon abbringen, wenigstens zu teilen), umarmte sie mich fest und warm.

Sie ließ ganz bewusst ihre Wange an meiner ruhen, bevor wir uns noch einmal tief und fest anblickten, und sie verlegen nach Worten rang, um das Gespräch in eine scheinbar harmlose Wendung zu bemühen.

„Dana", sagte sie leise, „das hat mir sehr gut getan." Sie schwieg eine Weile, hielt mich aber dennoch fest, und fügte dann hinzu:

„*Du* hast mir gut getan."

Ihr Blick, ihre voller Dankbarkeit offen strahlenden, lächelnden Augen, und die Herzlichkeit und Wärme in ihnen fühlten sich in diesem Moment an wie eine Offenbarung.

Sie hatte, ohne sich dessen bewusst zu werden, schon längst mein Herz berührt, und die Zärtlichkeit, die sie offenbarte, und die Nähe, die sie suchte, waren auch für mich wie Balsam.

Meine eigenen Empfindungen waren wie hin- und hergerissen – ich spürte eine echte und aufrichtige Freundschaft, wagte es aber nicht, mir mehr daraus abzuleiten – jedenfalls noch nicht zu diesem Zeitpunkt.

In den kommenden Tagen war ich wieder sehr beschäftigt: Unsere Personalabteilung brauchte dringend Materialien und Anzeigen für die Berufewerbung: Einer der Chefärzte verließ uns, neue Pflegekräfte mussten gewonnen werden, und das neue Ausbildungsjahr stand bevor.

Da wir eine Fülle von Berufen bei uns ausbildeten – von Radiologie- und Laborassistenten bis zu IT-Fachleuten, Bürokaufmännern und ~frauen bis zu Hauswirtschaftern – war eine Menge Arbeit auf meinem Tisch.

Zugleich wollten wir mit neuen Imagekampagnen gezielt identitätsstiftende Maßnahmen umsetzen, und brauchten dazu natürlich gute Modelle aus unseren Häusern für die Fotoserien.

Zu gern wollte ich Simone von Olden für eine solche gewinnen – hier hätte man viel ausdrücken können, und die stilsichere, elegante und disziplinierte Haltung, die mir schon zu Beginn aufgefallen war, müsste auf entsprechend arrangierten Bildern faszinierend zur Geltung kommen.

Ich malte mir gedanklich schon die Szenen aus: Simone als erfahrene ältere Ärztin in der Arbeit am Patienten in der Genesungsphase mit einem jungen Kollegen, der sich ganz auf sie konzentrierte und von ihr lernte, und dazu ein Porträt von ihr als gestandene Klinikerin, die sie als arrivierte Ärztin stellvertretend für das ganze Krankenhaus repräsentierte.

Ich rief sie an – gleich dienstlich aus meinem Büro heraus, ob sie Zeit hätte für ein Treffen. Sie musste allerdings gleich in den OP, so dass wir uns auf den frühen Nachmittag verabredeten. Als ich sie zu erreichen versuchte, nahm die leitende OP-Schwester für sie ab:

Es waren weitere Fälle über die Notfallaufnahme eingegangen – sie konnte nicht abkommen und musste weiter im OP arbeiten.

Ich machte es anders: Zu Hause war ja ihr Anrufbeantworter, also sprach ich kurz mein Anliegen auf, und dass ich gern eine Fotoserie mit ihr besprechen würde, die wir in der nächsten Zeit für das Klinikum benötigten.

Sie rief spät am Abend zurück – diesmal auch bei mir privat, da sie ahnte, dass ich nicht mehr im Hause sein würde. Ich war überglücklich, musste mich aber sofort bremsen:

Eine Fotoserie, sagte sie, käme für sie nicht in Frage, hierfür hielte sie sich nicht für geeignet und meinte, das sollten andere, jüngere Kollegen aus dem Hause übernehmen, die ihre Laufbahn noch vor sich hätten.

Ich verwunderte mich und sagte ihr, dass sie mir schon zu Beginn lange zuvor aufgefallen war, weil ich sie aufgrund ihrer höchst strengen, disziplinierten Haltung und der versachlichten Erscheinung als außerordentlich herausragend aus der Ärzteschaft wahrgenommen hätte.

Sie unterbrach und sagte mir bestimmend, dass sie keine Bilder wünsche, weder dienstlich, noch privat.

Ich verwunderte mich darüber, fragte aber nicht, sondern sagte ihr nur, dass sie es sich noch überlegen könne, ich würde sie – nur sie – gern für diese exklusive Außenwerbung gewinnen.

Sie lehnte ab, fragte aber sofort, wann wir uns privat treffen könnten, sie würde wieder gern in das schöne Café am Markt einladen.

Mir war dies unangenehm, und ich fragte sie, ob sie zu mir kommen würde. Sie freute sich darüber und wir vereinbarten uns für einen der Nachmittage in der kommenden Woche.

Meine Wohnung hatte ich in unmittelbarer Nähe des Klinikums genommen – fußläufig in einem Gründerzeitbau, der in den vier Geschossen mit herrlichen Etagenwohnungen aufwartete.

In den wenigen Tagen musste ich alles vorbereiten: Den Krempel wegräumen, der sich angesammelt hatte, meine Anzüge und Kostüme, Schals und Halstücher anständig aufhängen, schönes Porzellan aussuchen.

Natürlich musste ich alles noch einmal putzen, die Blumen austopfen und die Fensterbretter säubern. Ich saugte und wischte an den wenigen Abenden und überlegte, was ich anbieten würde.

Meine Schwester empfahl mir als Vorspeise eine einfache Mozzarella-Platte mit Basilikum, reifen Tomaten und der zauberhaften Balsamico-Creme – schön arrangiert, dazu einfaches Baguette.

Da noch unbekannt war, ob und welches Fleisch sie bevorzugte, machte ich noch einen Hähnchen-Walnuss-Orangen-Salat, zu dem ich dunkles Brot reichte, und eine Käseplatte. Da sie am Nachmittag kam, und der Tag heiß zu werden versprach, passten die kühlen Platten und der Salat ausgezeichnet.

Sie kam in einem fast durchsichtigen luftigen Sommerkleid mit Sandalen.

Ihr Klingeln war vorsichtig, fast zaghaft, und ich lächelte, als sie mir ein herrliches Blumenbouquet überreicht.

„Simone, ich bitte Dich, das wäre aber nicht nötig gewesen!" Sie strahlt, umarmt mich und beginnt, sich auf dem Flur umzusehen.

An einer der Wände hängen arrangierte Fotos von Cary Grant, Catherine Deneuve, Audrey Hepburn, Grace Kelly und der deutschen Schauspielerin Gudrun Landgrebe, die ich alle mit einem Sepia-Filter überblendet, und in passenden, dunklen Rahmen an dieser Wand arrangiert habe.

„Wie schön diese Wohnung ist", schwärmt sie, obwohl sie noch nicht viel gesehen hat.

„Ich umgebe mich gern mit Schönheit, und mit schönen Menschen", entgegne ich lachend und tiefgründig, was sie nur mit einem kurzen Nachdenken aufnimmt, und weise dann zur Tür in Richtung Wohnzimmer, an das sich ein Arbeitszimmer als Durchgangszimmer und dann ein Sportraum mit Sonnenbank und Fitnessgeräten anschließt.

Ich führe sie durch die Räume, das Ankleide- und das Schlafzimmer spare ich aber aus, weil ich es nicht mehr geschafft hatte, die Fülle der neu bestellten Kleidungsstücke zu sortieren, und sich im Schlafzimmer noch ein Bügelstapel mit Tisch- und Bettwäsche – ich liebte Damast und hatte diesen in allen Mustern und Farben angekauft – türmte.

Sie staunt über die Mediathek und den schönen Beamer und die Leinwand, die ich vor dem Erker, der hier ausgebildet war, gezogen hatte – und ich sage ihr, während wir am Esstisch Platz nehmen, dass sie gern zum Kinoabend kommen solle, da ich viele Filme in Kollektionen besaß: Von Fassbinder über Tarkowski bis zu Sautet – einem meiner Lieblingsregisseure der Nouvelle vague.

Sie kann damit nicht viel anfangen, und wir nehmen am gedeckten Tisch Platz.

Nun berührt sie vorsichtig, und aus meiner Sicht ganz zärtlich, die Damastservietten, die ich nur zu solchen Zwecken verwendete und die natürlich passend zum Tischtuch in silbernen Serviettenringen arrangiert waren.

Mit Silberbestecken hatte ich mich reichlich aus Online-Shops eingedeckt – viele der Leute meines Alters und jünger legten auf solche Tischkultur nicht mehr allzu viel Wert, und hatten diese Erbstücke, die ihre Großeltern niemals nutzen, um sie aufzuheben „für gut", nun als diese ins Alters- oder Pflegeheim kamen, für untere zweistellige Preise in den Auktionsplattformen hinausgeworfen.

Darüber kommen wir ins Gespräch, und sie sagt mir, dass sie auch geschliffene Gläser besitzt und bewahrt hat, ihre Kinder diese aber nicht haben wollten und dies auch ihr gegenüber ausgedrückt hatten – das gleiche Phänomen, wie ich es schon kennengelernt hatte.

Ich frage nach ihren Kindern, aber sie sagt gleich, dass diese sie ohnehin nur zu Feiertagen besuchen würden, ansonsten blieben diese in ihren jeweiligen eigenen Lebenswelten.

Sie erzählt mir erneut, wie schade sie es fände, dass sie mit dem großen Haus, das ich ja nur auf dem Satellitenbild gesehen hatte, allein dastünde, und dass sie sich danach sehnte, wieder mit einem Partner zusammenzuleben.

Ich wusste aus meiner Recherche, dass sie ja vergeblich annonciert hatte, und war unschlüssig, ob ich sie darauf ansprechen sollte. Ich muss dies aber gar nicht tun, sondern sie sagt, während ich den Salat abräume: „Ja, man braucht auch immer wieder einmal einen Mann, und sei es nur für den Spaß im Bett."

Ich runzele meine Stirn ob dieser aus meiner Sicht doch schon fast vulgär erscheinenden Formulierung, sage aber nichts dazu. Sie setzt gleich fort zu klagen, wie bei unserem ersten Treffen am Markt:

Sie bemängelt, dass die Patienten so furchtbar seien, die als potentieller (Sexual-) Partner in Frage kommenden Chefärzte von sich eingenommen und vergeben wären, und passende schöne und kultivierte Männer – wie Cary Grant auf meinem schönen Bild im Flur – heute nicht mehr existieren würden.

Ich muss lachen und sagte ganz frei zu ihr: „Ja, Männer, die *so* aussehen, mit denen man in die Oper gehen und sich über Adorno oder Horkheimer austauschen könne, die aber auch den Rasen mähen und den Garten umgraben und eine Garage mauern, schwere Getränkekisten tragen, in kalten Tagen eine Wärmflasche und ein Fußbad hinstellen und einem auch sonst jeden Wunsch von den Augen ablesen – die findet man nicht in einer Person komprimiert!"

Ich ergänze noch passend, unwillkürlich schauend, was sie dazu sagen würde:

„Ich erlebe immer in den Baumärkten, wie sich die Eheleute anekeln, die Frau betteln muss, dass der Mann eine Primel kauft....."

Sie ist erst verwundert, nickt dann aber bestätigend und wird wieder gelöster. Dann sagt zu mir, wie schön sie es fände, dass auch ich gern Baumärkte aufsuchte, und freut sich über das gemeinsame Hobby.

Dann bekräftigt sie noch einmal und meint: „Ja, Dana, solche Männer braucht man nicht."

Ich überlege, ob ich darauf etwas erwidern und zu Frauen überleiten solle, will sie aber noch nicht überfallen oder etwa in sie dringen. Ich lege daher nur angenehme Musik ein, und wir genießen einen herrlichen Kaffee auf der großen Couch, die ich ihr anbiete für das Dessert, um selbst im geräumigen Sessel Platz zu nehmen.

„Wie schön Du es hier hast, Dana", sagt sie dann plötzlich, und hat wieder diese zarte Aufregung in der Stimme, die die Strenge und Disziplin ihres Wesens mit einer gewissen Zärtlichkeit zu umgeben vermag.

„Schön, dass es Dir gefällt, Simone....", füge ich lächelnd und ein wenig nachdenklich ein.

Sie schaut auf die Bilder an den Wänden und lehnt nun ihren Arm auf eines der kleinen Cocktailkissen, als plötzlich ihr Telefon klingelt. Sie hat Hintergrunddienst – was ich nicht wusste – und muss wieder in das Klinikum.

Es fällt ihr schwer, sich zu verabschieden, und ich sage zu ihr: „Wenn es spät werden sollte, melde Dich bitte oder komm' einfach vorbei – ich muss noch lange arbeiten, und wenn Du willst, können wir einen Film anschauen. Du kannst selbstverständlich hier übernachten, ich würde mich freuen, und dann musst Du nicht notwendigerweise durch die Nacht fahren."

Sie nickt anerkennend, fügte dann aber kühl hinzu: „Wir haben im Klinikum Bereitschaftszimmer, weil es sich oft nicht lohnt, sich umzuziehen, vielfach kommt dann noch mehr in der Nacht, aber das ist ok."

Sie dankt mir für den schönen Nachmittag, und sagt mir – wieder mit einem Universum in ihren leuchtenden Augen:

„Ich habe mich schon lange nicht mehr so wohl gefühlt: Die schöne Musik, die Ästhetik der Räume, das herrliche Essen....."

Ich senke vor Erwartung und Erregung, was nun folgen mag, meinen Blick und lächele, dann füge ich mit einem sicheren Impuls hinzu: „Gern, Simone, ich liebe das Schöne, Wahre und Gute und versuche, es jeden Tag zu bewahren und zu beleben."

Sie nickt bestätigend und ist wieder in die Bilder von Cary Grant und der Auswahl der schönen Frauen in den Sepia-Rahmen vertieft, um dann ihre Tasche an sich zu nehmen. Bevor sie mich verlässt, umarmen wir uns wieder, und ich streiche ihr behutsam über den Rücken, spüre ihre sehnigen Muskeln über dem schlanken Körper, und atme schwer vor Aufregung.

Sie eilt los, und ich blicke ihr noch hinterher.

Den ganzen Abend war ich dann wie entrückt, taumelnd in Trance und vor unendlichem Glücksgefühl, und ich musste immer wieder daran denken, wie wohl und frei sie sich gefühlt hatte.

Ihre Bemerkung mit den Männern und die so drastische, fast frivol anmutende Äußerung verunsicherte mich, da ich mich niemals so ausgedrückt hätte, und ich beschloss, sie nicht länger im Unklaren über meine Gefühle zu lassen und eines der nächsten Treffen für eine vorsichtige Annäherung zu nutzen.

An jenem Abend rief sie nur noch einmal an, dass das Unfallgeschehen auch weitere Kollegen aus dem Bereitschaftsdienst gefordert hatte und sie nicht mehr zu mir kommen, weil die ganze Nacht mit den Not-Operationen ausgefüllt sein würde.

Wir wollten uns für ein weiteres Treffen vereinbaren, und sie sagte mir an einem der folgenden Tage, dass sie dann bald ihren Sommerurlaub wahrnehmen würde.

Zwei Wochen davon wollte sie bei ihrer Tochter und den Enkeln in Berlin verbringen, und in der letzten Woche dann mit ihrem Sohn, der sie eingeladen hatte, mit ihm in diese Stadt zu fliegen, nach New York aufbrechen.

Ich sagte ihr noch, dass eine Woche für diese Metropole zu kurz wäre, aber sie versicherte mir, dass dies ihr erster Auslandsaufenthalt seit langem sein würde und sie deshalb nur einen ersten Eindruck gewinnen wollte. Wir verblieben, dass sie sich melden würde, wenn sie wieder in der Heimat wäre.

Ich konnte ein Wiedersehen kaum erwarten, und die wenigen Wochen schienen wie im Fluge zu vergehen. Meine neuen Kampagnen mit den jungen Auszubildenden im Hause, die wir für die Berufswerbung ausgewählt hatten, passten hervorragend und wurden ein voller Erfolg.

Die Ärzte hingegen, die sich für die Kampagne bereit erklärt hatten, waren ausnahmslos Männer, die ungeeignet für die Darstellung waren und auch sonst nicht sonderlich repräsentativ; daher wartete ich damit noch.

Während ihres Urlaubs sandte Simone zwei SMS aus New York – sie war bisher noch nie in den Vereinigten Staaten gewesen, wie sie schrieb.

Ihre Begeisterung für diese Stadt mit ihrer vibrierenden, niemals aufhörenden Leichtigkeit und quirligen Lebendigkeit war selbst durch das technische Medium weitreichend spürbar.

Umso freudiger war ich, als wir uns nach ihrer Rückkehr wiedersahen – sie hatte mich gleich angerufen und mir gesagt, dass ihr Jetlag noch andauern würde, aber wir uns schon auf die kommende Woche für ein Treffen, diesmal in ihrem schönen Garten, vereinbaren würden.

Ich fuhr zu ihr nach Hause, und sie lenkte das Gespräch von dem aus ihrer Sicht überwältigenden Eindruck und den Broadway-Aufführungen wieder hin zum Bedauern, dass sie in dem kleinen Vorort wie gefangen sei und alles als rückständig und provinziell empfände.

Sie sagte mir auch, dass sie die Aufenthalte bei ihrer Tochter in Berlin für Kinoabende nutzte, weil sie in der Stadt, in der sie für das Krankenhaus und ich für den Klinikverbund tätig war, die Kinos nicht aufsuchen würde, und auch ins Theater führe sie dann immer nach Dresden.

Ob ich das Theater auch lieben würde? Gern würde sie mich in Konzerte und Aufführungen, insbesondere nach Dresden, mitnehmen wollen, da „bei uns" in der von mir als sehr liebevoll empfundenen Oberlausitz, doch alles so kleingeistig und provinziell wäre.

Ich lachte und sagte ihr, dass ich einst in einem Internat mit musisch-künstlerischer Ausrichtung bis zum Abitur verbracht hatte und dies nicht nur umfassend, sondern auch prägend gewesen wäre und ich mit meinen umfassenden Sammlungen sinfonischer Werke sowie dem Repertoire an instrumentalen und vokalen Darbietungen reichlich eingedeckt wäre und heute kaum noch für den Kunstgenuss ausgehen müsste, zumal die Zeit fehlte und ich dienstlich sehr ausgelastet war.

Sie fing erneut mit der Möglichkeit an, hier schöne und kultivierte Männer kennenlernen zu wollen, und wie sehr sie sich nach Menschen mit „Kultur" sehne.

Sie betonte auch, dass sie nur wenige Freunde hätte und daher jede freie Möglichkeit für den Kunstgenuss nutzen würde.

Dann lenkte sie geschickt, aber nicht mit der von mir erwarteten Nonchalance das Gespräch wieder *auf Männer* und ihre jeweiligen Vorzüge oder Eigenschaften, die sich vermissen ließen.

Wir saßen – zu meinem Bedauern – allerdings dabei nicht in ihrem Haus, sondern an einem edlen Teakholztisch und passenden Stühlen im Garten. Ich fand es schade, dass sie mich nicht ins Haus gebeten hatte, wollte aber auch nicht danach fragen, obwohl ich es mir natürlich gern angesehen hätte.

Stattdessen saßen wir auf der Rückseite des Hauses, an das sich ein herrliches großzügiges Grundstück anschloss, das von hohen Bäumen eingerahmt war.

Ganz untypisch – aus meiner Sicht – für eine Frau besaß sie auf dem gesamten Grundstück jedoch keinerlei Blumen, sondern rückwärtig am Haus war ein schöner, stabiler Balkon an das Obergeschoss angebracht und stabilisiert worden, der mit seinem Edelstahl-Beton-Ambiente modern und schlicht an das aus dem Anfang der neunzehnneunziger Jahre stammenden Gebäude angefügt worden war.

Einzig ein wunderbarer Birnbaum stand auf dem Rasen im Vorgartenbereich, und die herrlichen, wenngleich kleinen Früchte, waren ihr ganzer Stolz. Sie verriet mir auch, dass dieser Baum schon zum Grundstück, das sie mit ihrem Ex-Ehemann erworben hatte, gehörte, und sie ihn auch als solches belassen hatte.

Wir lachten und plauderten den gesamten Nachmittag hindurch, und schließlich sagte sie mir, dass sie allabendlich zum Sport fahren würde – Fitnesstraining in einem kleinen Studio in einem entfernteren Ort. Dies sei ihr Ausgleich für den anstrengenden Beruf, würde aber auch Erfüllung und Stressabbau gewährleisten.

Sie fragte mich, ob ich auch regelmäßig trainieren würde, und ich erwähnte das extra zu diesem Zweck eingerichtete Fitnesszimmer, in dem ich mich von der Computerarbeit erholte.

Es war schon spät geworden, und sie musste aufbrechen, so dass wir gemeinsam zu unseren Wagen – ihrer in der schönen Garage direkt am Haus, ich zu meinem auf dem Weg vor ihrer Einfahrt stehenden – schritten.

Ich sagte zum Abschied lachend und wie beiläufig zu ihr:

„Wunderbar, liebe Simone, das war ein schöner Nachmittag. Ich danke Dir außerordentlich, und wenn Du wieder einmal auf schöne junge Männer oder Frauen triffst, dann bring' einfach eine Handvoll mit."

Sie blieb erschrocken stehen, und fragte dann irritiert: „Stehst Du auf Frauen?!"

Ich wunderte mich zwar für einen Moment über diese „drastische" und etwas ungeschickte, wenig romantische Formulierung, trat aber sofort einen Schritt an sie heran, lächelte und sagte behutsam: „Simone, ich gehöre zu den Menschen, die sich zu Männern *und* Frauen hingezogen fühlen."

Sie erschrak, und ich ergänzte vorsichtig, aber dennoch trotz meiner Irritation sanft lächelnd: „Ich dachte immer, Du hättest das gewusst oder gespürt."

Nun wich sie noch erschrockener von mir, drehte instinktiv, als ich sie umarmen wollte, ihre Arme von den Seiten auf ihren Rücken, und blickte abrupt zur Seite auf den Erdboden.

Dann sagte sie lapidar: „Also ich stehe nur auf Männer. Mit Frauen kann ich nichts anfangen." Nun drehte sie sich gänzlich von mir fort, warf den Kopf zu Seite und wandte sich zu ihrer Garage.

Ich wollte ansetzen, etwas zu sagen, aber es entfuhr mir nur: „Simone, ich dachte ...."

„Mach's gut, ich muss jetzt los", sagte sie trocken, wieder mit Blick zur Seite und mich absichtlich nicht anschauend.

Sie drehte sich um und ging auf ihren Wagen zu, stieg ein, ohne mich noch ein einziges Mal anzuschauen, und blickte auch in ihrem Wagen seitlich nach unten, um meinem suchenden Blick und meinen fragenden Augen nicht mehr begegnen zu müssen.

Sie zwang mich dadurch, dass sie den Schlüssel umdrehte und der Motor startete, in meinen Wagen steigen und ohne eine Erklärung losfahren zu müssen. Schon an der Ausfahrt der Straße – ich fuhr zum Klinikum – nahm sie die andere Richtung zu ihrem mir unbekannten Sport, so dass ich traurig und ohne die von mir so geliebte Musik im Wagen zurück in die Stadt zu meinem Büro fuhr.

Die ganze Zeit über spürte ich, wie es in ihr arbeitete. Ich entschloss mich, sie nach ihrem zweistündigen Sport anzurufen, und nach einigen Malen des Klingelns nahm sie endlich ab.

Mit ihrer Stimme, die – als ob sie einatmete – ungewöhnlich hoch klang, sagte sie, obwohl sie meine Telefonnummer auf dem Display sehen konnte:

„Von Olden?"

Mir blieb ein Gruß im Halse stecken. Ich setzte an und sagte zu ihr: „Simone, ...", weiter kam ich nicht. Aufgeregt sagte sie immerzu: „Aber, wir können doch Freunde bleiben. Deshalb können wir doch trotzdem Freunde bleiben."

Ich sagte nichts, ließ sie erst einmal gewähren, aber nach mehreren, monotonen Wiederholungen des immer gleichen Satzes:

‚...aber wir können doch trotzdem Freunde bleiben', unterbrach ich sie und sagte nur: „Simone, lass' uns ein andermal darüber sprechen, es ist schon spät geworden", und sie legte sofort auf.

Ich dachte schockiert an unsere erste Begegnung auf der Station, ihre offene Art und ihre Begeisterung für meine doch ungewöhnliche Patientenkommunikation, das unmittelbare Gespräch am Telefon, unsere Treffen und Vereinbarungen, ihre Freundschaft, die sie mir offen und ohne Distanz angetragen hatte, ihre Einladungen, ihre leuchtenden Augen und ihre offene, fast schon überdeutlich artikulierte und sichtbare Sympathie – diese hatte als Grundlage alle unsere Begegnungen und Gespräche bestimmt, dazu ihr strahlendes Lachen, ihre Freude und ihre erfrischende Form und die Ungezwungenheit, mit der sie offensiv einlud, mich offen aufnahm.

Ich dachte auch an ihre Nachdenklichkeit, die sie zuweilen, wenn sie sich unbeobachtet fühlte, mit sich trug, und die dann von jener Strenge überlagert wurde, die ich so an ihr liebte.

Ich wusste nicht, ob der nächste Schritt richtig sein würde, und entschloss mich zu einem offensiven, förmlich radikalen Handeln.

Ich nahm mein Handy und formulierte eine SMS:

‚Liebe Simone, es lag mir völlig fern, Dich zu kompromittieren – ich habe Deine Freundschaft, die Du mir jetzt sicherlich aufkündigen wirst, sehr genossen. Ich hätte mich niemals mit Dir in eine so nahe Vertrautheit begeben, wenn Du mir nicht etwas bedeutet hättest. Von Anfang an, da ich Dich sah, war ich von Deinem Wesen, Deiner überragenden Erscheinung, Deiner versachlichten, aber doch so interessanten, professionellen Art des Auftretens, und Deiner kühlen, zurückhaltenden Eleganz fasziniert und – verzeih' bitte, dass ich das so deutlich ausdrücke – angetan und eingenommen. Du bist eine sehr attraktive Frau, die eine ganz besondere Anziehungskraft und Erotik ausübt.

Ja – du bist eine wunderbare Frau – und ich fühle mich zu Dir hingezogen, niemandem sonst, und ich möchte Dich darüber auch nicht im Unklaren lassen.“

Die SMS war eindeutig, klar und präzise formuliert. Ich atmete tief und wusste nicht, was nun geschehen würde.

Es kam keine Antwort. An diesem Abend, in der folgenden Nacht und am nächsten Morgen ebenfalls nicht.

Mir war unwohl zumute: Ich hatte mit der Nachricht alles ausgedrückt und auch alles riskiert. Würde sie antworten? Würde sie es verstehen?

Sie hatte sich eindeutig erklärt, und ihre brüske Abweisung ein weiterer Schock für mich.

Ich wusste nicht, was noch zu sagen gewesen wäre. Ich habe alles gegeben und alles ausgedrückt. Wann, wenn nicht jetzt, hätte ich das tun sollen? War dies falsch?

Am folgenden Tag hatte ich im Hause zu tun: Aufsteller für unsere Veranstaltungen waren an allen besucherrelevanten Punkten einzurichten, und als ich in der Kantine eine Kleinigkeit einnahm, kam sie durch die Tür.

Ich blickte sie an, sie wandte sich sofort ab. Absichtlich setzte sie sich mit dem Rücken zu mir zu einer Kollegin aus der Inneren Medizin und begann mit dieser ein Gespräch, verwand keinen Blick weiter in meine Richtung, und ich verließ alsbald traurig den Raum, der für mich durch ihr Verhalten, ihre Kälte auf einmal unerträglich geworden war.

Ich war wie vor den Kopf geschlagen und spürte deutlich ihre Zerrissenheit, ihre Zweifel, ihre Fragen, ihre Unruhe.

Es machte sich aber auch ein anderes Gefühl breit: eines der Abneigung und Ablehnung, die sie zwar nicht mit Worten, doch aber durch ihre Körpersprache, durch ihr Auftreten – ganz besonders in der Kantine – deutlich gemacht hatte. Sie wollte nichts mehr mit mir zu tun haben, so wirkte und schien es.

Offenbar hatte ich nicht nur mit meinen Worten, sondern vor allem mit meiner SMS an sie alles, was zwischen uns war, zerstört.

Die sich so zärtlich entwickelnde Freundschaft hatte mir, und doch wohl auch ihr – so schien es mir ganz eindeutig signalisiert worden zu sein – alles bedeutet, und die Nähe, die sich zwischen uns aufzubauen begonnen hatte, war wie jäh zertreten, im Staub des Weges, den ich nun allein gehen musste, verweht worden.

Was war nur geschehen?!

Ich dachte die ganze Zeit an die vergangenen Wochen, ja es waren ja sogar schon Monate vergangen seit unserer ersten Begegnung auf ihrer Station – alles war nun auf einmal hinfällig.

War das alles unbedeutend für sie, war es alles für sie nichts mehr wert? Was war das für eine Freundschaft, wenn diese an nur einer Formulierung zerbrechen konnte?

Ich spürte, dass ich soeben nachhaltigem Schaden an meinem Herzen und meiner Seele genommen hatte.

Noch einmal ergab sich ein persönlicher Kontakt, aber nicht minder enttäuschend:

Am Nachmittag sah ich sie das Krankenhaus verlassen: Eng und mit gesenktem Kopf drückte sie sich am OP-Gebäude, dessen Außenbereich direkt zum Ärzteparkplatz führte, entlang, um zur gesicherten Toreinfahrt zu gelangen, und dann mit ihrem Wagen in ihren Feierabend zu fahren.

„Simone!" Ich rief es ihr hastig zu, lief ihr entgegen und erreichte sie noch, bevor sie ihren Schlüssel in das Außentor einlegte.

Sie blickte von mir weg, wieder nach unten. „Ich habe morgen Notarztdienst, muss mich bereithalten."

Sie warf mir die Worte mit ihrem von mir weggedrehten Kopf hin, als ob sie dienstlich kommunizierte, und während ich stehenblieb, enteilte sie durch das Tor zu ihrem Wagen, ließ den Motor aufheulen und fuhr davon.

Meine Dienstzeit war noch nicht beendet, ich saß an den neuen Internetseiten.

Ich hatte alles selbst entworfen, und die Konzeption war mit großer Freude von allen Bereichen aufgenommen worden. Ganz allein und mit großer Befürwortung und Bewunderung für meine technische und konzeptionelle Integration durch die Geschäftsführung, der ich direkt unterstellt, und auch nur dieser berichtspflichtig war, waren diese angelaufen.

Aber meine Arbeit wurde von meinen trüben Gedanken überschattet, derer ich mich in jenen Stunden nicht mehr erwehren konnte.

Ich schalt mich kindisch, zugleich fragte ich mich immer wieder, was nur in den zurückliegenden Stunden geschehen war. Ich wusste es nicht und war völlig verzweifelt.

Simone legte mir zwei Wochen später einen Brief vor die Tür, in dem sie mir schrieb, dass *„sie nicht an einer lesbischen Beziehung interessiert wäre, und dass sie deshalb auch keine Freundschaft zu mir halten könne".*

„Danke für alles. Mach's gut – Simone", waren ihre Abschlussformeln, kein einziges Wort mehr.

Ich rief meine Schwester an, die mir Trost zusprechen wollte und mir sagte, ich solle mich nicht länger grämen. Sie war es, die mir Linderung in meiner Seelenqual zu verschaffen suchte, aber mein Herz blieb verstört und ich war kaum fähig, kreativ zu arbeiten.

Dann hatte ich selbst Urlaub und nahm mir die Zeit für die Lehrveranstaltungen, die ich nebenberuflich an einer Berliner Hochschule hielt.

Die Seminare waren als Blockveranstaltungen über die gesamten zwei Wochen angelegt, so dass der gesamte Tag mit den Intensivtrainings zur Kommunikation, Führung und Zusammenarbeit ausgefüllt war.

Das gab mir etwas Abstand.

Wieder fühlte ich mich an die Begegnung erinnert, als mich in den S- und U-Bahnen schöne junge Männer und Frauen anstrahlten, lächelten und meinen Blick erwiderten. Meine Studierenden waren sehr erfrischend, und ich gewann wieder etwas Kraft und Zuversicht.

Zugleich waren die Resonanzen der jungen Leute, die meine Erfahrung suchten, bestätigend und befriedigend.

Meine Nebentätigkeit war ausdrücklich durch die Geschäftsführung des Klinikverbundes erlaubt und unterstützt worden – und auch, wenn ich zur Abnahme von Prüfungen einmal innerhalb der Woche einen freien Tag benötigte, konnte ich diesen durch Ausgleich am Wochenende kompensieren. Ich hatte ideale Arbeitsbedingungen, konnte mich allseits entfalten, aber alsbald, als ich wieder zurück im Klinikum war, nahm mich Melancholie in Besitz, und die Traurigkeit bemächtigte sich meiner erneut.

Ich spürte keinerlei Unmut oder Hass, nur die Verletztheit, die mich meine allzu große, ungezwungene Offenheit nun erleben ließ.

Es war, als ob die kostbare Begegnung mit der Chirurgin für immer beendet gewesen sein sollte.

Meine Schwester riet mir immer wieder, keinerlei Gedanken an die von mir so verehrte Frau zu verschwenden, aber es traf mich hart und wurde zur Gewissheit:

Ich liebte sie. Ich liebte sie mehr, als ich mir zunächst bewusst war, tief und inniglich.

Ich stellte mir vor, wie es gewesen wäre, wenn ich nichts gesagt hätte – wie weit wäre sie von sich aus wohl gegangen? Hätte sie selbst eine zärtlichere Nähe, eine tiefere Freundschaft, ja vielleicht sogar eine Beziehung begonnen? Wäre es nicht besser gewesen, viel klüger und viel überlegter, sie im Unklaren zu lassen, und zu warten, bis sie vielleicht einen Impuls von sich aus tätigen würde?

Ich zermarterte mir den Kopf, und das einzige, was mich vom Weinen abhielt, war die viele Arbeit, die im Klinikverbund anfiel, und die mit engen Fristsetzungen dafür sorgten, Beschäftigung und Zerstreuung zu finden.

Nun lässt es sich leicht sagen, dass man sich auf andere Arbeiten konzentrieren und Ausgleich in einer mit hohem Termindruck mehr oder minder ausgefüllten Tätigkeit finden kann. Allein der Gedanke, dass sie im gleichen Hause, mit einem für alle einsehbaren Dienst- und Bereitschaftsplan im Intranet abrufbar und für mich – in deren Bereich auch die Pflege des Intranets fiel – damit gegenwärtig war, schnürte mir mein Herz zusammen und quälte meinen Geist.

Ich weinte mir an Abenden, die nicht mit den Veranstaltungen, der Moderation, dem Entwerfen der Informationsbroschüren und Materialien sowie Abstimmungen mit der Geschäftsführung zu weiteren strategischen Projekten ausgefüllt waren, die Augen aus, und merkte, dass meine Sehnsucht mich mehr und mehr einzunehmen drohte.

Ich rief sie zu Hause an – sie nahm nicht ab. Ich sprach ihr nichts auf den Anrufbeantworter, weil ich nicht wusste, wie sie damit umgehen würde, und hoffte auf einen Anruf zurück. Nichts geschah. Ich versuchte es auf ihrem Handy, sie drückte mich sofort weg, und hier war kein AB beschaltet.

Das war ein eindeutiges Statement.

Persönlich begegnete ich ihr nur selten; es gab ja definitiv keinerlei Schnittstellen zwischen ihrer und meiner Arbeit: Sie war als eine der vielen Ärztinnen und Ärzte, die im Kontext unseres großen Unternehmensverbundes nur als ein kleiner, wenngleich sicherlich wichtiger Baustein interpretiert, der dem Klinikverbund als großes organisches Konstrukt diente und als austauschbares Personal verstanden wurde – als Individuen unbedeutend und ohne Belang für das Funktionieren des Ganzen.

Früher war dies weder in Krankenhäusern, deren Personal sich wie eine Familie definierte, noch in anderen großen Organisationen der Fall, aber in den letzten Jahrzehnten hatte ein ökonomischer Wandel die Gesellschaft so dergestalt verändert, dass sich durch alle Bereiche diese Austauschbarkeit, Anonymität des Einzelnen und die grundsätzliche Anforderung des „Sich-Einordnens" und „Funktionierens" durchzusetzen begannen. Wir spürten dies allerorts, und die Menschen, die in abhängigen Berufen arbeiteten, wussten das.

Das tröstete mich umso weniger: Ich liebte *Menschen* und die Arbeit mit ihnen. Dies war die Essenz meines Berufes, der für mich gleichbedeutend mit meinem Leben war.

Als Dank für die erfolgreiche Umsetzung der Projekte bot mir die Geschäftsführung im Spätsommer eine Gehaltserhöhung an.

Freudig wollte ich die Gelegenheit nutzen, Simone von Olden zu Hause anzurufen.

Sie meldete sich nicht, ich sprach ihr eine Nachricht auf, dass ich sie gern wiedersehen, und einfach nur mit ihr reden wollte, weil es schöne Neuigkeiten bei mir gab. Zugleich bot ich ihr an, wann-auch-immer sie etwas benötigen sollte, mich jederzeit anrufen zu können und sich bitte alle Zeit zu lassen.

Nichts regte sich – im Gegenteil – sie sandte auch die Geschenke, die ich ihr zum Geburtstag hatte zukommen lassen, mit dem Umkarton zurück.

Als ich ein weiteres Mal bei ihr zu Hause anrief – einige Tage später – nahm sie ab und meldete sich:

In der für sie bei Stress üblichen, leicht aufgeregten und angespannten Weise stellte sie sich wieder mit ihrer dann immer etwas höher klingenden Stimme, als ob sie einatmete, vor, obwohl sie die Nummer auf dem Display hatte.

Ich meldete mich und sprach betont ruhig, sachlich und mit gebührender Zurückhaltung: Dass ich sie gern in ein Restaurant oder Café einladen und mit ihr sprechen wollte. Sie hörte erst zu, dann unterbrach sie und sagte trocken: „Ich habe keine Zeit", und legte sofort auf.

Ich war wieder wie vor den Kopf geschlagen, und um mir nicht noch unzulänglicher vorzukommen, entschloss ich mich zu einem „Gegenangriff". Meine Schwester hatte mir schon geraten, meine Souveränität und meine Selbstachtung nicht in Gänze über Bord zu werfen, und an jedem Abend meinte ich, es wäre richtig, sich zumindest kommunikativ anders auszurichten.

Ich rief erneut bei ihr an, wissend, dass sie nun nicht mehr abnehmen würde.

Nach einigen Sekunden schaltete sich ja nun wie erwartet der Anrufbeantworter ein, und ich sprach ruhig, nicht mit Vorwürfen, aber doch ernsthaft und mit fester Stimme auf:

„Simone, ich rufe noch jetzt nur noch dieses eine Mal an. Du hast mir Deine Freundschaft angeboten, mir aus Deinem Leben erzählt und mich teilhaben lassen an Deinen Gedanken, Sorgen und Nöten.

Es muss doch möglich sein, dass eine promovierte Chirurgin und eine promovierte Medienwissenschaftlerin wieder miteinander reden, ohne dass sie sich Wunden zufügen. Ich habe schon bemerkt, dass Du sehr verunsichert bist, und gern stehe ich Dir für ein klärendes Gespräch – und natürlich auch, wenn Du meine Hilfe benötigen solltest – zur Verfügung, aber für Dein *ganz persönliches Problem* bin ich nicht zuständig, das musst Du selbst lösen.

Für Deine Irritationen bin ich nicht verantwortlich, und keinesfalls habe ich es nötig, mich unentwegt quälen und demütigen zu lassen. Ich würde mich freuen, wenn das möglich ist, ich erwarte aber nichts von Dir.

Lass mich bei Gelegenheit wissen, wie Du entschieden hast, meine Freundschaft besteht noch, aber sie drängt sich nicht auf. Mach's gut – Dana."

Nachdem ich aufgelegt hatte, ging es mir tatsächlich wesentlich besser, und mein ursprüngliches, positives Selbstverständnis kehrten wieder in meinen Körper zurück.

Wie lange hatte ich nun schon gelitten, mich nicht aussprechen können, und musste mich von der von mir verehrten, angebeteten, aber sicherlich charakterlich ungefestigten Frau demütigen und kränken lassen.

Es schmerzte sehr, und sie nahm das mit Sicherheit wahr, ich empfand dies als Unrecht und auch ein wenig als ungezogen.

Natürlich war ich mir bewusst, dass ich ihr mit meiner Offenbarung zu nahegetreten war. Dennoch war dies – wir lebten in einer modernen, aufgeklärten Welt, von der gerade Simone von Olden immer schwärmte – doch kein Grund, sich so unmöglich zu verhalten.

Ich hatte jedwedes Verständnis für ihre Irritation, aber ein einziges, klärendes Gespräch von ihr wäre fair und anständig gewesen.

Es hätte mir viel bedeutet, selbst wenn sie danach nie wieder mit mir zu sprechen gewünscht hätte.

In den kommenden Wochen ging es mir gut. Ich kaufte neue Anzüge, Kostüme, und genoss mein dienstliches Leben im Hause.

An einem Mittag saß ich mit einer ebenfalls befreundeten Kollegin – sie war unsere Klinikpsychologin, die allerdings seit einigen Jahren fast nur noch in der Palliativmedizin bei den unheilbar Erkrankten eingesetzt war - wieder einmal in der Kantine, da bemerkte diese ganz unvermittelt zu mir:

„Ah, da drüben sitzt Frau von Olden. Kennst Du diese Ärztin eigentlich?"

Ich atmete tief ein und sagte, da ich noch nicht wusste, in welche Richtung das Gespräch sich diesbezüglich entwickeln würde: „Ja, eine bemerkenswerte Frau. Ich habe sie schon kennen- und schätzen lernen dürfen." Nun war meine Wunde wieder aufgerissen.

Ich fragte meine Gesprächspartnerin: „Kennst Du sie näher?", und sie sagte zu mir mit einem ausdrucksvollen Gesicht:

„Ja, allerdings mehr auf privater Ebene. Leider hat sie mir aber die Freundschaft aufgekündigt, ich bin deshalb etwas reserviert."

Nun musste ich stutzen: Das klang wie meine eigene Geschichte.

Unsere Psychologin Marion Mellies, mit der ich mich immer nur alle paar Wochen zum Mittag traf, sagte dann weiter zu mir mit einem etwas tieferen Atemzug:

„Dana, das muss ich Dir einmal ausführlich erzählen, aber nicht heute und nicht hier."

Ich war irritiert und zugleich erstaunt, und entgegnete:

„Marion, auch ich muss Dir in diesem Zusammenhang mit ihr etwas erzählen, und ich bitte Dich ernsthaft um Rat – als Psychologin und als Freundin."

Wir beschlossen, und einmal außerhalb des Krankenhauses zu treffen, und sie nutzte die Gelegenheit, um mir ihr Haus, das sie in einem anderen Vorort erworben hatte, zu zeigen und mir ihren Naturgarten – viele Kräuter, Blumen, Gemüse und Obstgehölze, genau, wie ich es mochte – vorzustellen.

Sie schwärmte von diesem Bauernhaus, in dem noch viele kleine Dinge liebevoll herzurichten waren, aber das sie dennoch gern und mit viel Freude von einer alten Dame, die nun in das Pflegeheim musste, übernommen, und zu einem günstigen Preis erworben hatte.

Wir kamen im Gespräch auf Simone von Olden zu sprechen, und ich hörte ihr zu, als sie berichtete: Sie – Marion – hatte im Zusammenhang mit Patienten, die sie über das Stationspersonal angefragt hatten, vor Jahren Frau von Olden kennengelernt.

Diese war angetan von ihrer Art, als Psychologin mit den Menschen umzugehen. behutsam, einfühlsam und aufmerksam, achtsam, zurückhaltend und doch intervenierend, wenn es um etwas ging, das die Gesundheit der Patienten mittelbar oder unmittelbar betraf.

Schnell hatten beide Frauen Freundschaft geschlossen und sich zu gemeinsamen Nachmittags- oder Abendgestaltungen getroffen.

Auch Marion war zweimal geschieden, beide Kinder waren schon längst erwachsen, und da beide Frauen – Marion Mellies und Simone von Olden – annähernd gleich alt waren, betrachteten sie ihre Frauenfreundschaft als etwas Schönes und Wertvolles, Bereicherndes.

Marion genoss die kulturellen Ausflüge – ins Theater, Kino oder Konzert – und Simone lud jedes Mal ein, vertraute ihr viel Privates aus ihrem eigenen Leben an, und beide waren einander zugewandt. Irgendwann erkrankte Marion, und Simone hatte sich erboten, für sie einzukaufen und sie zu umsorgen – fürsorglich und gänzlich uneigennützig.

Als sie zu Marion kam, hatte diese sich zum Schlafen gelegt und war noch ganz trunken, und sie hatte neben der Couch einige Weinflaschen stehen.

Als Simone mit den Einkäufen im Raum stand, erschrak sie, befragte Marion nach den Getränken, und wurde dann plötzlich gänzlich anders:

„Nein, das gibt es nicht, Du trinkst Alkohol?", soll sie entrüstet gefragt haben.

Marion, die neben chinesischer Medizin auch Naturheilverfahren erlernt hatte, musste darüber lachen, und wusste nicht recht, wie sie mit dem „Vorwurf" der Ärztin umzugehen hatte.

Tatsächlich soll Simone von Olden sich sofort von ihr abgewandt, und das Haus verlassen haben, so dass Marion mit ihrer Erkrankung und Verwunderung zurückgeblieben war.

Marion hatte sie kurz danach angerufen, und sie soll nur gesagt haben: „Ich hasse Alkohol. Mein Vater hat immer getrunken. Mit Alkoholikern will ich nichts zu tun haben."

Ich lauschte ihrer Erzählung aufmerksam, und erzählte ihr dann von meiner eigenen Begegnung und Erfahrung. Ich fügte offen und ehrlich hinzu, dass sie mir sehr viel bedeutete und dass ich sehr stark und schon länger unter der Demütigung litt.

Ich fragte Marion, was sie mir aus psychologischer Sicht raten, und wie sie das Verhalten interpretieren würde, und sie sagte:

„Dana – mit Deiner Schilderung schließt sich nun ein Bild, das ich selbst auch nur bruchstückhaft, wie ein Puzzle, vor mir liegen hatte."

Ich war aufgeregt und unterbrach sie: „Aber Marion, was ist nur in sie gefahren, mich so zu behandeln? Es erklärt sich mir gerade nicht, denn wir beide haben sie doch auf ganz unterschiedliche Weise und auch auf unterschiedlichen Ebenen erlebt, empfinden ihr gegenüber jeweils anders, und ich frage mich jetzt, was das Verhalten von ihr, das mir ein einziges Rätsel ist, offenbaren soll?!"

Marion klärte mich auf:

„Jetzt, da ich Deine Erlebnisse kenne, schließt sich für mich das Profil von Simone. Eigentlich ist es ganz leicht, aber auch ich konnte mir das zuvor nicht erklären."

Ich drängte, sie möge mich nicht länger warten lassen, und saß gespannt.

„Simone von Olden ist – so würde ich es zu diesem Zeitpunkt tatsächlich diagnostizieren – eine ambivalente Persönlichkeit", begann Marion, und setzte zügig fort:

„Einerseits ist sie in ihrem Beruf gestanden, ausgefüllt und professionell. Aber das Berufliche kompensiert bei ihr nicht das Bedürfnis nach Nähe, das sie einerseits hat, andererseits verleugnet. Sie sucht aktiv, zugleich sicherlich mit einer gewissen Verklemmung, dann aber auch intensiv Freundschaft, hält sie eine Zeit lang aufrecht, und stößt sie schließlich, sobald sie sich vertieft hat und einmal etwas Unerwartetes, Unvorhergesehenes geschieht, wieder von sich."

Nun fragte ich sie ganz offen: „Marion, das verstehe ich immer noch nicht, und es erklärt sich mir auch nicht recht: Zwischen einem Glas Wein und einem Kompliment an sie als attraktive und begehrenswerte Frau und dem zusätzlichen Geständnis, dass sie eine große Anziehungskraft, derer sie sich offenbar nicht bewusst ist, ausübt, liegen doch Welten:

Das eine ist der Konsum eines Genussmittels, das andere eine Einstellung zu Menschen – ich sehe – offen gestanden – hier nur wenig, falls überhaupt etwas an Gemeinsamkeiten. Was ist denn nur in sie gefahren, uns so zu behandeln?

Erst recht erschließt sich mir – selbst, wenn wir sagen würden, dass dies alles „Genüsse" sind, die früher als amoralisch galten – nicht, was Simone treibt, uns mit einem völligen Bruch der Freundschaft, dem absoluten Aufgeben dessen, was doch von ihr mit und zwischen uns definiert, und ihr doch aber so hoch-heilig war, so abrupt und derart drastisch zu brüskieren."

„Doch, Dana – nun wird es mir erst klar." Marion macht eine bedeutungsvolle Pause, zündet sich dann eine Zigarette an und sagt:

„Es erscheint mir so: Simone ist eine Frau, die offenbar unter verschiedenen Traumata leidet, und sie hat Dir ebenso wie mir erzählt, wie sehr sie sich in dieser ländlich geprägten Region verlassen fühlt, unverstanden, ungeliebt und ohne kulturellen Genuss.

Zugleich erregt sie sich über die Menschen, die sich hier ihre Einfachheit und Natürlichkeit bewahrt haben, und fühlt sich in eine offene Welt, in ein kosmopolitisches Verständnis, das sie hier so zu vermissen scheint, gezogen und gesogen.

Aber:

Beides – nämlich sowohl der Genuss von Alkohol, als auch eine aus ihrer Sicht freizügige oder freiheitliche Lebens- und Umgangsweise – stellen aus ihrer Perspektive ernste Gefahren für ihr einerseits ökonomisch und sozial gut situiertes, andererseits emotional einsames Leben dar."

Ich unterbrach Marion:

„Aber was um alles in der Welt *hindert sie denn* als Chirurgin, als Frau, als Mensch daran, ihre Freundschaften zu gestalten, auszuleben und sich mit schönen Dingen zu umgeben? Sie wählte doch selbst, und sie bestimmte ganz allein und sehr offen die von ihr ausgesuchten, sicherlich wenigen Menschen, denen sie aufrichtig und ehrlich ihre Freundschaft antrug; man könnte fast sagen: die sie ihnen erklärte und förmlich aufdrängte.

Wer verbietet es ihr denn, diese Menschen, die sie so, wie sie ist, gleichermaßen respektieren, mögen und wertschätzen, in eine von ihr definierte Freizeitgestaltung zu nehmen und sich in diese tiefe Freundschaft – ich habe es so empfunden! – zu begeben? Ich verstehe sie nicht, Marion.

Du sagtest – und das war auch mein Empfinden – dass sie sich hier unverstanden und auch eingeengt fühlt, aber *sie selbst* ist es doch, die Toleranz, geschweige denn Akzeptanz vermissen lässt.

Welchen Kausalzusammenhang sollen wir darin sehen, wenn sie selbst – und nur sie – es doch ist, die sich genauso verhält, wie sie es doch erklärtermaßen an anderen verachtet? Das ist mir unverständlich."

Marion erwiderte: „Das erscheint auch in der Tat unverständlich, denn sie selbst sucht intensiv, ja fast schon verzweifelt die Nähe von anderen Menschen – hier bevorzugt Frauen – um die Leere in ihrem Herzen zu füllen, und sie stößt sie dann von sich, wenn sich ein Konflikt mit ihrem Beruf anbahnt.

In meinem Falle waren es die Weinflaschen, die mich in ihren Augen als „Alkoholikerin" stigmatisierten, in Deinem Falle Deine Offenbarung zu ihr als von ihr als sexuelles Wesen angetane Frau."

„Aber Marion, ganz offen, jetzt bin ich einmal so, wie das ein Mann formulieren und empfinden würde:

Wenn eine Frau eine andere Frau *mehr* als anstrahlt, mit ihr im Bewusstsein auflebt, ihre Augen leuchtend wie ein Universum ein Bedürfnis, ein Begehren und eine Nähe offenbaren, wenn sie mir erzählt, wie sie in Baumärkte fährt und selbst renoviert, wenn sie bei unserer ersten Begegnung das „Du" anbietet, sich in den schönsten Hosenanzug hüllt und mich drückt und umarmt – wer hat sich dann wem angenähert, angetragen oder gar etwa aufgedrängt?

Das sind doch – ich gehe jetzt nur auf eine sexuelle Konnotation - *eindeutige* Signale, die sie selbst ausgesandt hat und die ich – natürlich, weil sie mich ansprachen – auch zugelassen habe.

Marion, sie trug bei ihrem ersten Treffen mit mir einen Anzug, den andere vielleicht, wenn sie zu einer Hochzeit eingeladen sind, anziehen, und hatte rotlackierte Zehennägel in offenen Sandalen, das suggeriert doch eine eindeutige Interpretation, denn Rot ist nun einmal eine Signalfarbe, und sie hätte als erfahrene Frau doch wissen müssen, dass dies eine zutiefst erotische Dimension hat und allseits auch als solches interpretiert wird.

Dass ich persönlich sie in ihrer Zurückhaltung, in der schlichten und versachlichten Weise gerade anziehend und – ich hatte es Dir ja gesagt – auch erotisierend empfinde, ist meine persönliche Interpretation, aber dennoch gingen von ihr doch auch Indikatoren aus, die viel, *sehr viel mehr* waren, als nur dienstliche Kommunikation.

Sie hat sich – ganz offen, ich habe dies auch wirklich als aktivisch empfunden – mehr als nur mit Sympathien genähert, und ich habe es auch als eine gewisse Bestätigung, nur ganz leise, aber dennoch wahrnehmbar, im kulturellen Subtext so empfunden."

Wieder nickte Marion, und sagte zu mir:

„Ja, und gerade deshalb war sie ja bei Dir noch brüskierter, erschrockener und auch drastischer mit ihrer abrupten Ablehnung, als bei mir. Dana, ich muss es Dir ganz deutlich sagen: Durch *Dich*, aber wirklich nur und eben *erst durch Dich* wurde ihr offenbar, dass ihre Suche nach Nähe und (weiblicher) Freundschaft, ihre dienstliche Distanziertheit und ihre private Zurückhaltung, aber auch das Bedürfnis nach Kommunikation, Kultur und Kunst, nichts anderes waren ....

...... als eine lange, womöglich lebenslang unterdrückte lesbische Sexualität ist, die sie sich nicht nur nicht auszuleben, sondern sich auch gar nicht erst einzugestehen vermag.

Sie kann und will nicht zugeben – aus Angst vor möglicher Diskriminierung – dass sie genauso empfindet, vielleicht immer schon empfunden hat, aber niemals ist es ihr so bewusst gewesen, wie jetzt, da Du in ihr Leben tratest mit Deiner in der Tat offenen, für sie neuen, mitreißenden, vertrauensvollen und sympathieaufbauenden Kommunikation."

Nun war ich es, die erneut geschockt war, und ich saß und schwieg.

Die Offenbarung von Marion, die dies als Psychologin analysiert hatte, bedeutete nichts anderes, als dass auch Simone für mich empfand, empfinden konnte!

Ich war glücklich und zugleich enttäuscht:

„Aber Marion, eine fast sechzigjährige Frau, die sich zu einer anderen, durchaus jüngeren Frau hingezogen fühlt, und beide stehen im Beruf – was soll dieses Affentheater? Wir leben doch nicht mehr im Mittelalter?"

„Nein, Dana!" Marion lachte.

„Aber viele Menschen gerade hier in der Region sind mit Sicherheit noch äußerst zurückhaltend, unbedarft, ja – möglicherweise sogar gänzlich unaufgeklärt, was moderne, offene Lebenshaltung und Lebensgestaltung angeht. Sag mir, wieviele Frauen oder Männer kennst Du – hier im Hause – die sich *so* definieren?"

Ich musste nachdenken.

„Das stimmt, Marion.", musste ich schließlich gestehen:

„Ich habe niemanden vor Augen, den ich als solches anführen könnte und der mir auch nur ansatzweise aufgefallen wäre."

Marion nickte.

„Du bist hier in einer Gegend, in der die Menschen früher kein Westfernsehen hatten, keine modernen Medien. Für viele hat sich wirtschaftlich viel geändert – aber das Bewusstsein ist doch trotzdem geblieben."

Ich dachte nach und musste ihr zustimmen.

In meinem grenzenlosen Egoismus hatte ich dies nie so gesehen – meine eigene Überzeugungskraft, meine international geprägte Kommunikation und meine Arbeit im Hause waren so ausgerichtet, dass ich moderne Konzepte der Gestaltung – auch von Kommunikationsprozessen – einbrachte, die die Marketingkampagnen lenkten und bestimmten.

Dies war auch auf großen Zuspruch gestoßen, und deshalb hatte man mich ja auch in dieser Position „eingekauft".

Ich trat so auf, zeigte und gab mich genauso, wie es modernes Marketing, PR, Kommunikation und Networking erforderten.

Aber es war richtig: Über Nähe, Freundschaft und Intimitäten war hier im Krankenhaus in dieser Form der Zuwendung zueinander nie gesprochen worden – keiner trat dem anderen zu nahe.

Ich selbst hatte die kühle, fast emotionslose Atmosphäre, die ich persönlich gegenüber den sonstigen „Staralüren" in den moderneren Städten als professionell und angenehm empfunden hatte, zu schätzen vermocht.

Aber eigentlich war es nichts anderes, als das Verschweigen, Verhindern, Verbergen und Verleugnen, dass es außerhalb der Ehen und Familien, die hier grundsätzlich heteronormativ geschlossen und gelebt wurden, noch eine andere Welt geben könnte.

Ich dachte weiter nach: ‚Besaßen wir ein Gendermanagement?‘ – Nein. Nirgendwo.

Im Gegenteil: Hier wurden Hochzeiten, Kinder und Schwiegerkinder, deren Nachkommen und alle Arten von tatsächlich existierender klassischer Ehe und Familie in einer romantisierten, ländlichen und lebenslangen Art gefeiert, dass einem vor dem Hintergrund möglicher Diskriminierung – so hatte ich es selbst aber nie gesehen – angst und bange werden mochte.

Mit den Geschiedenen, die wie Simone oder Marion eher rücksichtsvoll in ihrem Dasein gelassen bzw. ihrem „bedauernswerten“ Schicksal *über*lassen wurden, hatte man nur dienstlich zu tun – privat waren Kontakte zu jenen „Gestrandeten“ offenbar tatsächlich eher unüblich.

Simone von Olden kultivierte das über ihre Zurückhaltung, ihre Suche nach möglichen unauffälligen Freundschaften in der kargen Belegschaft ihresgleichen, und Marion überließ sich dem Einzelgängertum.

Dann erklärten sich auch die verzweifelten Kontaktanzeigen von Oldens, die sie aufgegeben hatte:

Sie offenbarten das Unverständnis über ihre eigene Begehrenswertheit, die hier nicht erwidert wurde, und führten bis hin zu einer Verhärtung – dies auch gegenüber dem armen, leidenden Patienten seinerzeit bei unserer zufälligen Begegnung. Dass mir dies nie aufgefallen war?

Meine eigene Offenheit, mein kosmopolitisch geprägtes Bewusstsein und meine fachübergreifende, prinzipiell nicht begrenzte und vorbehaltlose Kommunikation hatten dies egoistisch, ja: egozentrisch und blind für die unsichtbaren Bedürfnisse und Gewohnheiten der anderen, denen ich tolerant und hochgradig offen gegenüberstand und denen ich selbstverständlich ihre eigene Lebensgestaltung einräumte und überließ, leider, wie ich nun feststellen musste, völlig verhindert.

Dass sich mir dies nicht eher erschlossen hatte?

Nun brauchte *ich* einen Wein, und gemeinsam mit Marion stießen wir auf unsere Freundschaft und diese finale Erkenntnis von ihr an.

Mich betrübte nicht länger der Gedanke, etwas falsch gemacht zu haben, und mich belastete nicht mehr die Sorge, vor den Kopf gestoßen und abgelehnt worden zu sein, obwohl es natürlich gegenwärtig so geschehen, und nicht leicht anzunehmen war.

„Dana…", fragte Marion, als wir uns dann tief in der Nacht verabschiedeten, „Du weißt aber, dass ich nicht wie Simone bin…."

Ich berührte zärtlich ihre Wange und streichelte ihr Gesicht, verstand aber zunächst nicht, was sie meinte.

„Im Gegensatz zu Simone bin ich diejenige, die sich nichts aus *Männern* macht. Ich habe viele Jahre, bevor ich hierher kam, mit einer Freundin zusammen gelebt, und als sie verstarb, fiel ich in ein tiefes Loch."

Sie ergänzte, nun etwas nachdenklicher, stiller geworden:

„Ich weiß jetzt, dass Simone Dich eingenommen hat, und wenn ich diesbezüglich zu gegebener Zeit etwas für Dich tun kann, dann lass es mich wissen. Aber lass' ihr jetzt noch Zeit – sie braucht diese, um das Erlebte zu verarbeiten."

„Natürlich, Marion", sagte ich dieser, und strahlte sie an. „Du bist eben auch eine ganz besondere Frau, und was wir heute gemeinsam voneinander gelernt und erfahren haben, macht mich glücklich und hat mir wertvolle Erkenntnis gegeben."

Sie nahm mein Gesicht in ihre Hände, und sagte: „Dana, lass' Dir Zeit mit allem. Ich bitte Dich inständig........" Sie schaute mich an, fragend, wissend, mit einer wehmütigen Traurigkeit in ihren Augen, und ich ließ es zu, dass sie ihre Wange an der meinen ruhen ließ, küsste sie sanft auf diese und strich über ihr Haar.

„Oh, Dana....", sagte sie fast unendlich traurig, und nahm meine Hand. „Ich bedauere heute, dass Dein Herz schon vergeben ist."

Nun umarmte ich sie noch einmal, um mich dann für den schönen Abend zu bedanken und wieder zurückzufahren.

Die Offenbarung von Marion hatte mir einerseits gutgetan, mich in meinem wiedergewonnenen, arroganten Ego als ausstrahlende Frau zu definieren, die auf Männer und Frauen eine Anziehungskraft ausübte und offenbar auch auf unsere Psychologin schon lange einen Eindruck gemacht haben musste.

Dies bestätigte mich in meiner Auffassung als übergreifend agierende und moderne Kommunikatorin, Managerin und PR-Frau, wofür ich hier anständig bezahlt wurde.

Zugleich entsetzte mich das dezente, zarte und an jenem Abend offenbarte Geständnis von Marion aber zutiefst, die sie sich so intensiv und mit viel Verständnis für meine höchstpersönliche Sorge Zeit für mich genommen hatte. Auch dies war eine Ambivalenz, denn neben dem Segen, den meine Kraft ausübte und die mich viel Energie kostete, musste ich diese Eigenschaft auch zugleich als einen Fluch wahrnehmen:

Auch andere Menschen fühlten sich – genau, wie ich selbst – zu einem anderen hingezogen, der sich ihrer Zuneigung möglicherweise nicht nur nicht bewusst wurde, sondern diese Menschen ganz sich selbst überließ, mit ihrer Sehnsucht, ihrem flüchtigen Begehren, ihrer unerfüllten Liebe.

Sie alle mussten – wie ich nun so schmerzlich und zugleich zutiefst ungeschickt – damit irgendwie umgehen.

All jene Irrungen und Wirrungen des Lebens waren mir hier so fremd gewesen, weil ich selbst – leider auch bedingt durch die Breite meiner beruflichen Arbeit, die unentwegt und per se nur auf Aktion, Aktivität und Darstellung nach außen gerichtet, und in dieser Form profiliert worden war – mich immer nur mit mir selbst beschäftigte und andere nur oberflächlich und unter dem Aspekte des Vermarktens, Darstellens und Sichtbarmachens wahrnahm – ein Fehler, den ich selbst in dieser Konstellation nicht lösen konnte, dies war sozusagen „immanent" – in meiner Persönlichkeit und dem ausgeprägten Tätigkeitsfeld definiert und vollständig verfestigt.

Nun, da mir meine teure Freundin Marion, die in meinem Ansehen ob ihrer brillanten Analytik noch stärker stieg, so einfühlsam und geschickt die Augen geöffnet hatte, erklärte sich auf einmal alles wie von selbst.

Den gut gemeinten Rat, Simone von Olden Zeit zu geben, nahm ich gern an und drängte mich nicht auf – weder durch ein Telefonat, noch durch andere Kontaktformen.

Ich vermied es auch, Simone von Olden im Hause zu begegnen.

Sie hatte es sich (leider) zueigen gemacht, mich nur verstohlen anzusehen, einen direkten Blickkontakt zu vermeiden, und – für mich nahezu unerträglich – vermied sie auch einen Gruß, eine Erwiderung meines Grußes und eine Würdigung meiner Person.

Ich nahm dies nun, da ich wusste, dass sie sich unendliche Mühe gab, sich nichts anmerken zu lassen, auch so auf, und hatte mich nach einiger Zeit auch durchgerungen, sie ebenfalls in der Kantine – andere Begegnungsorte gab es nicht mehr – einfach zu ignorieren.

Wannimmer ich diese betrat, trafen mich die grüßenden Blicke derjenigen, die ich durch die Kommunikation im Hause kannte und mit deren Bereichen ich immer wieder zusammenarbeitete, daher empfand ich es nicht mehr so schmerzvoll und als Verlust.

Sie hingegen – Simone von Olden – stieß mit ihrer Art, mir in Gänze aus dem Weg zu gehen, bei den wenigen ganz aufmerksamen Beobachtern auf Unverständnis, so auch bei ihren Kollegen.

Sie äußerte sich dazu allerdings nicht, so dass einige der wenigen Menschen, die zuvor nur rein durch die kurze Begegnung auf ihrer Station erfasst hatten, dass sich da eine Freundschaft entwickelte und die mir nach wie vor ihren Gruß entboten, hier anständigerweise nicht weiter nach-, oder das Geschehen hinterfragten.

Sie hielten sich diskret zurück, so dass das Unausgesprochene zwischen uns im Raum verblieb und für Marion, die sehr feinfühlig war und der ich mich anvertraut hatte, durchaus spürbar war.

Frau von Olden war – auch dies erfuhr ich nur durch dezente Recherche – im Hause geachtet, aber nicht sonderlich beliebt, da sie, wie sie mir ja gesagt hatte, nur ungern die Notarztdienste übernahm und hier auf eine Breite an Fällen menschlicher Schicksale traf, die weder plan-, noch menschlich erfass- oder sozial lösbar waren.

Dass das Krankenhaus – wie alle Einrichtungen im gegenwärtigen Gesundheitssystem – die Sorgen, Nöte und Ängste der Menschen, ihr Leid und ihre beruflichen und familiären Schicksale nicht zu lösen vermochte, war allen bekannt, und sie gehörte eben zu jenen Ärzten, die überall dafür bekannt waren, nicht gerade zimperlich mit den Patienten aus der Notfallaufnahme umzugehen. Ich hatte das nie so gesehen.

Sie hatte im Hause den Ruf, als professionell – im medizinischen Sinne als Chirurgin – zu gelten, nicht jedoch als besonders einfühlsam, daher fiel sie in die Kategorie: „knallhart und unnahbar".

Die Kolleginnen und Kollegen aus dem ärztlichen Dienst verkehrten – und auch hier schloss sich nun der Kreis meiner subjektiven Wahrnehmung – dienstlich mit ihr im Austausch, privat lebte sie jedoch, genau, wie wir es vermuteten, gänzlich allein, fast zurückhaltend, um nicht zu sagen: einsam. Umso unverständlicher war mir immer noch, warum sie *nicht einen einzigen*, vielleicht den *ersten* Schritt, etwas daran zu ändern, ging, und auf mich – oder andere Menschen – zutrat – vorbehaltlos, wie ich sie ja doch zumindest mir gegenüber auf Station damals kennengelernt hatte.

Wieder war es Marion, die mich ins Bild setzte: Zu solch einer wesentlichen Veränderung, also dem „ersten Schritt" auf mich, die sie mich in ihrer Assoziation nun vor allem mit diesem Schock meiner Offenbarung verband, nicht mehr mit dem Gefühl unserer Begegnung auf Station, zutretend, wäre etwas ganz Entscheidendes und Wesentliches verbunden gewesen: Die Erkenntnis, dass *sie* diesen Schritt tun *müsse*, gepaart mit der Einsicht, dass nur sie selbst diesen Schritt gehen *könne*.

Dies jedoch erforderte eine immense Selbst-
überwindung, und hierfür benötigte sie eigentlich – ganz offen aus Sicht von Marion –
Unterstützung einer Psychologin.

Als Marion mir dies sagte, war ich ganz nie-
dergeschlagen, und jegliche Hoffnung in mir
verstarb.

Meines Erachtens waren diese beiden
Schritte ihrer eigenen Aktivität etwas, das ich
nicht zu hoffen erwartete – zu stark waren ja
ihr Wesen, ihre Abschirmung und ihre ei-
serne Selbstdisziplin und ihre Härte schon
verinnerlicht und ausgeprägt. Außerdem – so
sagte ich mir – müsse sie ja den Schritt als
Suchende auf Marion zugehen, niemals umgekehrt, denn unsere Gespräche waren vertraulich und Marion durfte ihrerseits nicht in-
tervenieren.

Weitere Wochen vergingen, in denen ich
mich immer wieder einmal mit Marion traf
und wir über alle möglichen Dinge sprachen.
Ich spürte ihre Anteilnahme, ihre Empathie
und ihre Fürsorge, und eines Tages änderte
sich dies, es geschah etwas gänzlich Unerwartetes:

Marion offenbarte mir, dass Simone von Olden sie erstmals nach so langer Zeit wieder angerufen hätte – nicht dienstlich, sondern privat.

Sie hatte sich wohl bei Marion entschuldigt, so lange nichts von sich hören zu lassen, und sie gefragt, ob sie wieder einmal Zeit habe für einen gemeinsamen Theater- oder Konzertbesuch.

Gespannt lauschte ich, wie Marion sich entscheiden würde, und sie sagte mir offen, dass sie das auch persönlich freue, und sie Simone gesagt hatte, dass sich dazu sicherlich wieder eine passende Gelegenheit ergeben, und sie gern diese Einladung annehmen würde. Sie bemerkte, dass ich wieder traurig geworden war, legte ihre Hand mitfühlend auf meine und sprach:

„Dana, ich würde einmal, wenn wir zum Konzert fahren, vorsichtig und behutsam mit ihr sprechen. Wärest Du einverstanden? Ich mache das gern für Dich, obwohl ich aber nicht weiß, wie sie reagieren wird."

Ich dachte nach und sagte Marion, was ich aus meiner laienhaften, ungebildeten psychologischen Sicht darüber dachte:

Wenn Marion sich mit ihr treffen würde, und die von Simone sozusagen bereitgestellte Zeit, die sie ja mit ihr verbringen würde, gleich für das Gespräch nutzte, wäre es sicherlich ein guter Schritt zu erfahren, was Simone allgemein und auch im Besonderen über die Angelegenheit dachte.

Dennoch sollte sich ein solches Gespräch nicht notwendigerweise sofort nach der von Simone nun in einem ihrer ersten Schritte – auf Marion zu – getätigten Wiederaufnahme der Freundschaft spontan ergeben.

Zu groß war meine Besorgnis, dass sich Simone möglicherweise verraten vorkommen, und sich sofort wieder zurückziehen würde.

Da Marion ja doch ganz offenbar ihr einziger Kontakt im Klinikum war – ich hatte Simone auch sonst in der Kantine immer nur im Kreise dienstlicher Gespräche mit den Ärztekollegen erlebt – wäre dies sicherlich strategisch tatsächlich beim ersten Mal des Treffens eher ungünstig.

Marion nickte und bekräftigte rasch: „Das ist sehr weise von Dir, Dana, und gern warte ich damit, bis ich weiß, dass sie überhaupt einmal auch einem solchen vertrauensvollen Gespräch außerhalb unserer beiden Personen – also ihr und mir – zugänglich ist. Ich gebe Dir dann gern ein Signal, wenn Du magst."

Ich sagte ihr, dass sie sich damit möglichst behutsam und nicht zu forsch verhalten, überdies aber selbst entscheiden sollte, wann der geeignete Zeitpunkt sein würde.

Marion lächelte mir zu, und ich spürte, dass sie dies nicht für Simone, sondern für mich tun würde, weil mein Schmerz sie berührte und ihr ebenfalls nahe ging.

Ich empfand das als sehr anständig, und einmal mehr stieg Marion in meinen Augen nicht nur als professionelle Psychologin, sondern als ernsthafte Lebensfreundin. Wieder vergingen einige Wochen, und ich bemerkte, dass das Verhältnis von Simone zu Marion sich tatsächlich vertiefte:

Einige Male kam ich zur Kantine und sah, dass Marion und Simone gemeinsam zu Tisch waren – Simone hatte sich diesmal explizit nicht zu den Kollegen gesetzt, sondern zu Marion, aber anders als bei den Kollegen:

Beide Frauen saßen sehr vertraut über Eck, nicht gegenüber, also fast Arm an Arm, und plauderten anregend miteinander, schauten nur selten auf die anderen Anwesenden.

Marion grüßte mich nur mit einem Kopfnicken, Simone schaute absichtlich auf ihre Speisen, und ich bestellte an solchen Tagen dann nur eine Saftflasche, die ich gleich mitnahm, und ließ nur ein: Lasst es Euch schmecken!", an beide gerichtet, fallen, um dann wieder zu enteilen, damit die beiden Damen ungestört verweilen konnten.

Diese Szenerie – beide gemeinsam vertraut im Gespräch in der Kantine – häufte sich.

Marion rief mich zuweilen an, wenn sie am Standort war und mit mir zu Tisch gehen wollte, und oft kam dann Simone in die Kantine und stutzte, wenn sie uns zusammen sah.

Sie schien immer etwas zusammenzuzucken, wenn sie meiner ansichtig wurde, schaute aber auf uns beide, die wir – allerdings gegenüber sitzend – zu Tisch waren. Sie grüßte dann Marion nur von weitem oder warf im Vorbei- und entschlossenen Weggehen, aber ausschließlich an Marion gerichtet, ein:

„Ich würde Dich demnächst einmal anrufen, Marion", oder auch „Entschuldige, Marion, ich hatte keine Zeit, zurückzurufen", wobei ich dann nur lächelnd nach unten blickte und Simone nicht ansah, um sie nicht zu zwingen, mich an- oder wegzusehen.

Man musste ihr offenbar tatsächlich etwas (oder auch etwas mehr!) Zeit geben und behutsam – äußerst vorsichtig – vorgehen.

Ich musste – und konnte nun endlich wieder auch – innerlich lächeln: Sie, die sie als so starke und souveräne Chirurgin auftrat, sich keinesfalls zimperlich und ängstlich in ihrem dienstlichen Geschehen zeigte, war doch zugleich so verletzlich, so unsicher und so scheu in ihrem persönlichen Leben, als ob es sich um eine Schülerin handeln würde, die zum ersten Mal vor einem Publikum steht.

,Mit Sicherheit musste sie noch irgendein anderes Trauma erlitten haben', meinte ich zu wissen, denn nur die Sorge vor etwaigen Kommentaren der Männer (oder hier auch der eingefleischten, manchmal etwas rüden Frauen) konnte keinesfalls so stark sein, dass sie sich so unendlich vorsichtig in der Öffentlichkeit bewegte.

Marion musste mir meine Gedanken angesehen haben, weil sie sagte:

„Dana, Du darfst niemals etwas von ihr erwarten. Gib' ihr Zeit. Sie braucht vor allem Zeit, keine Vorwürfe oder Vorhaltungen und keine Schuldzuweisungen."

Nun musste ich meine Stirn runzeln und nachdenken:

Vorwürfe hatte nur sie mir gemacht, Schuld hatte sie transportiert und mich als für sie nicht mehr auch nur ansatzweise als Gesprächspartnerin in Frage kommende Frau im tiefsten Innersten verletzt.

Es war leicht, eine Wunde zu legen, und sie jedesmal, wenn diese zu verheilen schien, erneut aufzureißen.

Auch diese Gedanken schien Marion zu erraten, weil sie sagte:

„Dana, ich weiß, dass Du unter der Zurückweisung leidest. Ich *weiß* das und ich *sehe* es. Aber wenn sie Dir wirklich etwas *bedeutet*, musst Du warten, bis sie von sich aus auf Dich zukommt."

Ich schüttelte den Kopf und sagte Marion – diesmal doch sehr viel ernster als zuvor – dann:

„Marion, ich bin ein sehr geduldiger Mensch, aber ich glaube nicht mehr daran.

Wenn Du Recht hast – und das hast Du bestimmt – ist es doch insgesamt ein so langer, aufwendiger und kräftezehrender Lern- und Erfahrungsprozess für sie, dass ich wirklich nicht überzeugt bin, dass sie diesen Weg innerhalb der nächsten Wochen oder Monate für sich bestimmen und gehen wird. Ich warte gern auf sie, aber ich muss mir auch noch Hoffnung machen können. Eigentlich glaube ich eher, dass sie die Freundschaft mit Dir genießt, das ist schön und wertvoll, und sicherlich wird ihr Bedürfnis nach Nähe und Wärme damit gestillt.

Aber weil sie nicht *mehr* zeigt, offenbart oder sich in ein Risiko begibt, wird es auch nur bei diesen für Euch beide gemeinsamen Ausflügen bleiben."

Marion wurde ganz ernst:

„Nein, Dana – eben gerade nicht. Hast Du nicht bemerkt, wie sie immer, wenn sie Dich sah, zusammengezuckt ist? Hast Du nicht gesehen, dass sie vor Dir *Angst* hat, dass sie mit sich kämpft und innerlich ringt? Es ist ein ganz großer Kampf, den sie austrägt.

Meine Nähe und Freundschaft *sind* für sie Freundschaft, Nähe, Geborgenheit und Fürsorge, aber das, was sie *für Dich* empfindet, ist viel, viel stärker.

Ich schüttelte unschlüssig den Kopf.

Marion nahm meine Hand und drückte sie fest: „Dana, wenn jemand einem anderen gleichgültig ist, dann verspürt er keine Gefühle, dann regt sich nichts in ihm, dann gibt es keine emotionale Äußerung. Sie aber ist, wenn sie Deiner ansichtig wird, irritiert, geschockt, verunsichert und zugleich auch total verkrampft.

Es ist wie eine innere Starre, eine Schock-starre, eine Verklemmung, eine unendliche Mühe und Anstrengung für sie, weil Du sie in ihrem Leben erschüttert, und zum ersten Mal in Frage gestellt hast."

Dies schien mir eingängig zu sein, aber inzwischen war auch ich im Strudel der erlebten Gefühle hin- und hergerissen, dünnhäutig und empfindlich geworden.

„Aber Marion, nicht *ich* stelle sie doch in Frage, sondern sie sich selbst – ich habe nichts getan, außer ihr zu offenbaren, dass sie eine wunderbare Frau ist, eine Frau, die liebens- und begehrenswert ist. Ich habe ihr das offen – wenngleich natürlich sehr ungeschickt und sie in gewisser Weise auch sicherlich damit überfallend – ausgedrückt.

Wenn sie sich oder mich dafür hasst, dass ich sie anziehend finde, mehr als nur mag, dann fehlt ihr doch vor allem die Akzeptanz, die Fähigkeit, sich selbst zu lieben – ist das nicht so?"

Marion nickte wissend: „Ja, Dana, genau das ist das komplexe Problem.

Du liebst und Du begehrst sie, und das Gefühl, geliebt zu werden, und die Erkenntnis, dass sie von einer *Frau* geliebt und begehrt wird, ist für sie deshalb traumatisch, weil sie erstens niemals gelernt hat, sich so, wie sie ist, anzunehmen, und außerdem – und hier spricht viel dafür – niemals so deutlich und so rasch und so schnell mit diesem Gefühl konfrontiert worden ist.

Sie, die sie sich niemals gehen lässt, wird in ihrem gestandenen Metier, in ihrem sicheren Umfeld des Berufes und aus diesem heraus von einer Frau begehrt, die offen mit ihren Gefühlen umzugehen versteht, aber das ist für sie eine solche bahnbrechende und eben überwältigende Erfahrung, dass sie damit einfach überfordert ist."

„Marion, ich weiß nicht, das klingt so furchtbar nach Angst. *Angst vor dem Leben.*"

Marion nickte und sagte nur:

„Gib' mir, und gib *ihr* Zeit."

Monate vergingen, inzwischen waren nicht nur alle Marketingkampagnen ausgelöst und erfolgreich für unseren Krankenhausverbund angelaufen, sondern auch die Internetauftritte fertiggestellt, die Presse- und Kommunikationsarbeit vertieft und die Medienberichterstattung neu definiert und aufgestellt worden.

Aus dem ganzen Hause empfingen mich Anerkennung, Lob, Bewunderung und offene Glückwünsche zu diesem Erfolg, denn in den Jahren zuvor hatte es ein strategisches Marketing mit integrierter Imagebildung, Presseberichterstattung und allem, was dazu gehörte, nicht in diesem Umfang und aus einer Hand konzentriert gegeben. Wir waren mehrmals in der Woche in den Zeitungen, meine Arbeitstage wurden – hier als Kompensation und auch aus dem dienstlichen Erfordernis länger – geworden.

Ganz bewusst war ich nur noch selten in die Kantine gegangen, und ganz bewusst wollte ich die Zeit, die erforderlich war, dienstlich nutzen.

Nun hatte es sich gelohnt.

Eines Abends rief mich Marion an: „Dana, wir müssen uns treffen." Ich lehnte ab und sagte Marion, dass ich keine weiteren Wunden vertragen würde; zu stark hatte ich meine Emotionen in den letzten Wochen mit rationaler Arbeit zu ersetzen, erdrücken, ja; ersticken versucht, um mich nicht wieder diesem Schmerz auszusetzen.

„Dana", fiel mir Marion aufgeregt ins Wort, „Simone hat sich mir offenbart. Sie hat sich mir dienstlich, unter absoluter Berufung auf mein Verschwiegenheitsgebot als Psychologin anvertraut. Ich darf Dir deshalb nichts Näheres über die Hintergründe ihres Handelns sagen, aber heute verbindlich so viel dazu: Sie hat schwere, schwerste Traumata über Jahre hinweg ertragen, erleiden und erdulden müssen. Verletzungen des Körpers, der Seele, geistige Unterdrückung und psychischen Druck.

Ich darf Dir – Du weißt das natürlich – kaum dies sagen, aber auch das bitte ich Dich als derjenige Mensch, dem sie hier am meisten etwas bedeutet, absolut vertraulich anzunehmen, hinzunehmen und Deine eigenen Erwartungen darauf einzustellen.

Sie wird sich – zu gegebener Zeit – mit Dir vereinbaren, sie wird auf Dich zukommen und sie wird behutsam, gemächlich und ganz langsam wieder Kontakt zu Dir aufnehmen. Bitte bleibe ganz stark, denn das, was sie mir anvertraut hat, ist harte Kost.

Du wirst sie erst dann verstehen können, wenn sie sich Dir eines Tages offenbart, aber bitte: Wünsch' es Dir nicht, denn die Erlebnisse, die sie hatte und die sie schon seit Jahren, Jahrzehnten mit sich trägt als eine prägende und nahezu unerträgliche Last, würden Deine Freude am Leben und Dein Bedürfnis nach Schönheit, Deinen Sinn für Ästhetik zu erschüttern vermögen."

Ich war erstarrt, aber doch gelöst, überrascht und doch schockiert – in diesem Augenblick stand ich wie in Trance.

Allein die Vorstellung dessen, was unausgesprochen war, schnitt sich wie ein Messer in mein verwundetes Herz.

Nach einigen Atempausen, denen Marion Zeit gegeben, und die sie bewusst zugelassen hatte, sprach ich mit gebrochener Stimme:

„Marion, keinesfalls darf und möchte ich *in* Dich dringen – Deine Pflicht zur absoluten Diskretion ist Teil Deiner Arbeit und Deines Berufsethos'.

Das, was sie Dir und nur Dir sicherlich nach langer und reiflicher Überlegung anvertraute, geht mich nichts, absolut nichts an.

Aber bitte, sag' mir nur eines:

Darf ich mir eine Hoffnung auf eine Begegnung, die vielleicht nur die Hälfte der Vertrautheit, der Nähe und der Innigkeit, die wir zu Beginn unseres Kennenlernens spürten und definierten, machen?

Du weißt, ich lebe inzwischen nur noch von dieser winzigen Hoffnung."

Ich spürte, wie Marion tief Luft holte, und dann langsam sagte:

„Ja, Dana. *Das* – und später viel mehr. Aber gib' ihr Zeit. Und bitte: Geh' *nicht* auf sie zu. Sie wird zu gegebener Zeit auf Dich zukommen und sich Dir behutsam wieder nähern.

Warte auf sie, Dana. Warte einfach auf sie."

Viele Wochen vergingen, inzwischen war es Herbst geworden.

Die trüben Tage machten auf unsere Mitarbeiter einen deprimierenden Eindruck, obwohl die herrliche Landschaft, um deretwillen ich einst hier her gekommen war, auch in jenen Tagen faszinierend, beruhigend und wunderbar anmutete: Die Felder der landwirtschaftlich genutzten und gestalteten Flächen, das sanfte Bergland der Oberlausitz, die Menschen, die noch so herrlich natürlich sein konnten – alles begann, sich auf den Winter vorzubereiten und in gemäßigten Schritten zu verlangsamen, dem Stillstand und der gesegneten Ruhe, die der Schnee in den Hügeln verbreiten würde, so leise und unmerklich entgegenkommend.

Ich war innerlich angekommen und genoss dieses Gefühl.

Die Erfolge, die meine Aufbauarbeit in den letzten beiden Jahren für den Krankenhausverbund erzielt hatte, machte sich nun in meiner Arbeitszeit bemerkbar:

Keine Abende mehr ausgefüllt mit –zig Sachen, alle parallel und mit einem Adrenalinspiegel im Multitasking-Modus, sondern nunmehr strukturierte, stetige, regelrecht *verstetigte* und solide Arbeit, die mit der Integration unserer verschiedenen Krankenhäuser und deren Darstellung nun endlich auch bei den benachbarten kommunalen Wettbewerbern viel Eindruck, und in unseren Häusern Zuspruch und Anerkennung erlangten. Mehr als einmal bekundete die Geschäftsführung, wie positiv die Bereiche, die meine Arbeit betrafen, allseits wahrgenommen wurden, und wie viel wir in den beiden Jahren erreicht hatten.

Ich durfte stolz und zufrieden sein, und diese hohe Wertschätzung war für mich eine Bestätigung, dass ich viel geleistet und bewegt hatte. Ich erinnerte mich daran, wie ich in den ersten Monaten Hunderte Dinge parallel bearbeitete, Neues besprechen und viele kleine Angelegenheiten, die mit den verschiedenen Häusern unseres Verbundes aufgekommen waren, noch nebenbei erledigt hatte.

Es hatte sich gelohnt!

Ich versuchte mich an die Zeit meiner Ankunft hier zu erinnern und hielt mir selbst, die ich stets schon in der Zukunft lebte und nicht in der Vergangenheit, noch einmal vor Augen, was die beiden Jahre an Kraft und Energie, aber auch an Erfahrung für mich bedeutet hatten.

An diesem Tag konnte ich endlich einmal entspannen, und während ich auf meiner angeschafften häuslichen Sonnenbank lag, klingelte das Telefon:

Es war: *Simone von Olden.*

Gerade, als ich mich aufrichtete und abnehmen wollte, verstummte das Gerät. Offenbar hatte Simone nur wenige Male angeklingelt, und ich schalt mich, nicht schneller aus meiner sargähnlichen Behausung gelangt zu sein. Der Anrufbeantworter war schon angegangen, aber sie hatte nichts hinterlassen.

Ich rief zurück, es klingelte nur kurz. Sie nahm sofort ab: „Von Olden?"

Wie damals, als sie ihre Stimme unsicher einatmend in hoher Tonlage versteifte, war auch jetzt jenes leichte Zittern spürbar.

„Meinhardt am Apparat, Verzeihung, ich war nicht schnell genug." Ich machte bewusst eine Pause und sprach dienstlich. Sie regte sich nicht, atmete aber spürbar.

„Bitte entschuldige, Simone, bist Du gerade frei und kannst sprechen? Was kann ich für Dich tun?" Ich versuchte, so vorsichtig wie nur irgend möglich vorzugehen.

„Dana, …….." Simone atmete, wartete dann, setzte neu an. „Dana, ich möchte mich gern mit Dir treffen. Wenn Du das nicht willst, verstehe ich das. Aber ich würde gern ….."

Wieder machte sie eine Pause, suchte nach passenden Worten, und ich spürte ihre Aufregung und Verunsicherung.

„Dana, hast Du Zeit? Würdest Du……"

Wieder eine unerträgliche Pause, aber nun spüre ich, wie sie schneller atmet und dann sicherer wird:

„Dana, darf ich Dich zu mir einladen? Du hast einmal gesagt, wenn ich Dich brauche, dann würdest Du mir helfen."

Ich wage selbst nicht, zu atmen, weil ich spüre, dass noch etwas Wichtiges folgt.

„Ich......., ich habe ...... ich brauche eine sichere Umgebung. Weißt Du noch, das Café, in dem wir immer saßen?"

„Ja, Simone. Ich weiß es noch, als wäre es gestern gewesen." Ich gebe wieder die Pause an sie, damit sie sich fassen kann.

„Dana, ich weiß aber nicht, ob ich mich da wohlfühle. Eigentlich würde ich lieber zu Hause ......, da bin ich sicher. Da fühle ich mich am sichersten."

„Natürlich."

Wieder warte ich geduldig, was sie sagt, und ergänze behutsam, ganz vorsichtig:

„Simone......wir treffen uns nur dort, wo Du dich am wohlsten, am sichersten fühlst."

Ich warte erneut, und will noch hinzufügen: „Ich freue mich so sehr, dass Du anrufst....", als sie sagt:

„Ich danke Dir, dass Du zurückgerufen hast. Ich wusste nicht, ob Du überhaupt....."

„…. wieder mit Dir sprechen würdest, meinst Du", entgegne ich, nun wieder etwas forscher, aber nicht aufdringlich.

„Ja", sagt sie leise, „ich wusste nicht, wie Du reagieren würdest." Nochmals eine Pause, in der ich sanft lächele, damit sie dies spürt.

„Simone, ich danke *Dir*." Ich mache eine lange Pause, und ergänze dann, langsam und behutsam jede Sentenz betonend:

„Du weißt nicht, wie sehr ich *Dir* zu danken habe. Dass Du anrufen würdest, habe ich nicht mehr zu denken, zu hoffen, zu erwarten gewagt."

Sie atmet sicher und ruhig ein und aus.

„Dana….."

„Simone….., wann hättest Du denn Zeit, und wo wollen wir uns wiedersehen?"

Nun muss meine unendliche Geduld sich nahezu zähmen, als sie sagt:

„Komm' zu mir. Ich möchte Dich bei mir zu Hause empfangen. In Waltersdorf."

„Gern, Simone. Aber ist es für Dich wirklich so, dass Du Dich wohl und sicher und behütet und geborgen fühlst?"

Nun gehe ich wieder aktiv vor und komme mir ganz aufgenommen vor – ich führe ein wenig die Kommunikation, weil ich fast vor Ungeduld vergehe.

„Ja, Dana, nur da. Komm' übermorgen zu mir, aber schau' bitte nicht auf den Haushalt, ich habe viel aufzuräumen, was irgendwie in den letzten Tagen liegen geblieben ist."

„Ich bitte Dich, Simone, nicht doch! Ich freue mich, dass es Dir gut geht. Du und nur Du bestimmst das Gespräch. Und bitte: Wenn ich Dir auf den Geist gehe, dann wirf mich bitte achtkantig hinaus, ja?"

Eine leichte und gelöste Heiterkeit befällt mich, und die Worte verfehlen ihre Wirkung nicht. Ich spüre, wie Simone lächelt, sie lächelt!

„Dana, hab' Dank. Mach's gut. Bis übermorgen. Ich bin da. Ab 16.00 Uhr."

Sie wartet noch, ich warte auch, dann sage ich nur noch einmal bestätigend:

„Ja, Simone, einverstanden. Übermorgen, 16.00 Uhr bei Dir in Waltersdorf. Ich danke Dir und ich freue mich."

Ich lege nicht auf, spüre ihren Atem, sie überlegt noch, legt dann aber auf.

Mein Herz schlägt bis zum Halse.

Dass ich es noch erlebe, dass sie von sich aus – sie allein und selbstbestimmt – nach all den Eskapaden, dem Ringen, Kämpfen und meinem Darben, Dürsten und meiner verzweifelten Entsagung den Kontakt zu mir aufnimmt, anruft und immer noch sichtlich bewegt ist – das hatte ich nicht zu hoffen gewagt.

Ich rief Marion an: „Marion, weißt Du, was passiert ist?" Sie lachte auf: „Klar, Dana, Deine Internetauftritte sind für einen Preis nominiert worden, ich habe es schon in unserem Pressespiegel im Intranet gesehen. Gratulation – das hast Du neben allem anderen auch noch gemacht. Und was wir für uralte Webseiten hatten damals!"

Ich unterbreche sie ungestüm:

„Nein, Marion, nicht die Webseiten – *Simone* hat sich gemeldet. Sie rief mich gerade an, um mich zu sich einzuladen – zu *sich* (!) – was sagst Du dazu?!"

„Dana – nein! Sie hat Dich jetzt, heute, soeben angerufen?!"

„Ja, sie will sich mit mir treffen. Sie rief an, ich hörte diesmal einfach nur zu, sie lädt ein. Wir treffen uns bei ihr, aber ich weiß nicht, was ich mitnehmen soll. Was ziehe ich denn an?" Ich war aufgeregt, hektisch, hysterisch.

Nun lachte Marion und sagte: „Dana – das ist großartig. Zieh' an, was Du willst, aber bitte, Dana: *Sie lädt zu sich ein*, zu   s i c h   , nach Hause. Das bedeutet, dass sie noch sehr, sehr unsicher ist, sie fühlt sich nur in ihrer eigenen „Höhle" sicher und geborgen.

Tritt ihr nicht wieder so forsch entgegen, bitte gib' ihr Zeit. Offenbar ist sie jetzt bereit, wieder auf Dich zuzugehen, und hat es tatsächlich als Erste gewagt und getan."

„Ja, Marion, ist das nicht wie ein Wunder? Ich habe nicht mehr daran geglaubt."

Ich mache eine bewusste, lange Pause, Marion hört wieder aufmerksam als Psychologin zu, und unterbricht mich dann:

„Dana – bitte sei absolut vorsichtig. Sie ist stark traumatisiert. Ich darf Dir nichts sagen, aber ich bitte Dich: Lass Sie reden, lass sie behutsam zu sich kommen. Sie entscheidet, was sich an diesem Abend ergibt, und sie entscheidet, was sie Dir anbietet.

Fordere, erwarte und ergreife bitte nichts, nicht ein bischen."

„Nein, Marion, ich bitte Dich, Du schilderst mich als eine Verführerin, die sich dieser Frau bemächtigen will – ich bin doch keine Vergew....." Weiter komme ich nicht, denn Marion sagt ganz deutlich, ganz streng:

„Dana!" Ich verstumme sofort. „Dana, geh' bitte ä u ß e r s t behutsam um, Du ahnst ja nicht, was sie erlebt hat."

Nun bin ich es, die sie unterbricht: „Marion, Du brauchst nicht weiter zu sprechen, ich kann mir denken, was Du meinst. Das würde alles erklären, aber bitte: Sprich' nicht weiter – ich freue mich einfach nur, dass sie sich gemeldet hat."

„Ja, Dana.....", Marion beginnt zu seufzen:
„Bitte sei vorsichtig und behutsam – sie hat
Schlimmes erlebt und das wird ....
wahrscheinlich niemals wieder weggehen."

Nun frage ich sie: „Marion, muss ich bei unserem Treffen irgendetwas beachten?"

„Ja, Dana – Du darfst ihr nicht zu nahetreten.
Du musst warten, bis sie von sich aus das
Gespräch, die Begegnung, die Annäherung
sucht. Bitte beachte das unbedingt!"

„Ja, natürlich, Marion – du kennst mich!"

„Eben Dana, eben deshalb! Bitte!"

Ich sage behutsam und leise, damit sie bemerkt, dass es mir wichtig ist: „Ja, Marion.
Ich danke Dir von ganzem Herzen. Ich
glaube, ich habe verstanden und beherzigt."

Marion wirkt nun wieder etwas entspannter,
gelöster, und sie wünscht mir viel Glück.

Es ist zwei Tage her, dass ich wieder von einem Gefühl zum anderen gleite.

Heute ist der Tag, an dem ich Simone aufsuchen werde, sie erstmals nach nunmehr fast einem Jahr überhaupt wiedersehen werde.

Ich bin aufgeregt. Nun geht es mir wie einem kleinen Schuljungen, der sich für sein erstes Rendezvous mit einem hübschen Mädchen überlegt, was er anzieht, welche Blümchen er mitnimmt und was er sagen würde.

Ich wähle ein Kostüm, das in schlichtem Grau gehalten ist, und kaufe drei Strelitzien, die edel, elegant und etwas entrückt aussehen.

Ganz bewusst nehme ich keine Anthurien, Orchideen oder andere mit Weiblichkeit assoziierte Blumen, sondern nehme nur diese, vor allem, weil sie tatsächlich nicht alltäglich sind, und natürlich pragmatisch auch, weil sie versprechen, lange zu halten.

Als ich zu ihr fahre, lege ich ein leichtes, dezentes Parfüm auf, bleibe an der Einfahrt bzw. Pforte stehen, klingle und warte.

Sie kommt aus dem Haus, das ich damals nicht von innen sehen konnte, und kommt mir mit einem eleganten Wollkleid, das ihrer schlanken Figur schmeichelt, entgegen.

Ich bemerke ein verhaltenes, aber schon merklich gelöstes Lächeln.

„Komm herein, Dana", sagt sie, und öffnet die Pforte.

Ich nehme die Blumen aus dem Papier und überreiche ihr diese mit den Worten: „Ich habe einmal meine Lieblingsblumen mitgebracht, aber ich weiß nicht, ob sie Dir gefallen, Simone. Danke, dass Du Dir Zeit für mich nimmst."

Die letzten Worte spreche ich bewusst behutsam, langsamer und mit äußerster Zurückhaltung aus.

Ich darf sie nicht drängen, sagte Marion, nur sie selbst soll ganz langsam entscheiden.

Sie sagt: „Dein Kostüm sieht schön aus. Es steht Dir gut." Ihre Hand fährt über meinen Oberarm, ich spüre ihre Berührung und muss die Augen schließen.

Wie mit unendlicher Kraft berührt sie meinen Geist, als sie sagt: „Magst Du hereinkommen? Ich würde mich freuen. " Ich taumle und nicke ihr zu. Sie geht voran, und ich folge ihr – fast wie willenlos.

Zum ersten Mal spüre ich wieder diese Kraft, die von ihrem Wesen ausgeht, und erliege der Vorstellung, sie umarmen zu wollen. Mit großer Zurückhaltung betrete ich ihr Haus, und sie sagt mit einer wunderbaren, warmen Stimme: „Dana, ich wollte Dir immer mein Haus zeigen. Komm, ich möchte Dich herumführen."

Ihre vorsichtige Annäherung, ihre immer wieder bebende Stimme umfangen mich, und bewundernd nehme ich alles in mich auf, und mit besonderer Aufmerksamkeit wahr.

Das Haus strahlt viel Ruhe, Behaglichkeit und Größe aus – sie unterhält hier ein Arbeitszimmer, ein Kaminzimmer, das fast wie ein klassisches Herrenzimmer eingerichtet ist, und einen kombinierten Wohnraum mit großzügiger Küche, dazu noch eine schöne Bibliothek.

Man sieht, dass ein solider Geschmack und kontinuierliche Gehaltszahlungen die Modernisierung des Hauses ermöglichten, und zugleich spüre ich, dass sie hier ihr eigenes Reich unterhält, das sie, wie sie mir nun versichert, auch nur wenigen zeigt.

Nun erinnere ich mich an den damaligen, einzigen Besuch bei ihr, bei dem ich doch etwas enttäuscht darüber war, dass sie mich in den Garten leitete und mir ihr Haus vorenthielt – wie gern hätte ich es mir damals angeschaut!

Jetzt erst verstehe ich, durchdringe ich endlich, dass dieser Augenblick an diesem herrlichen Nachmittag ein absoluter Beweis ihres Vertrauens ist, das sie damals nicht – noch nicht – zu mir hatte; und das ganz unabhängig von meiner Person ist und ohne meine unbeabsichtigte, aber tiefgreifende Irritation, die dann folgte.

Indem sie mir ihr Haus zeigt, mich durch die Räume führt, möchte sie das innerste Stück von sich offenbaren, und *dass* sie es mir heute öffnet, ist für sie wie ein Beweis ihres wiedergewonnenen Vertrauens.

Ich wage nicht, etwas zu fragen, weil mir Marion abgeraten hatte, offensiv zu sein.

Sie geht weiter durch die Räume der Kinder, die hier aufgewachsen waren, und die sie noch als Jugendzimmer belassen hatte.

Nun platze ich fast vor Ungeduld, und sage zu ihr:

„Simone, das ist wunderbar. Du bist eine großartige Frau, und wenn ich Deine Tochter wäre, ich könnte nicht stolzer auf Dich sein. So eine wunderbare Mutter kann man sich nur wünschen."

Sie bleibt stehen, und auch ich halte inne.

„Dana, ..." Sie steht mir nun direkt gegenüber. „Verzeih' mir, Dana."

Ich wage nicht zu atmen, sondern bleibe mit leicht geöffnetem Mund – wie töricht – stehen und warte, was geschieht.

‚Bin ich wieder in ein Fettnäpfchen, eine Wunde getreten? Was hat mich denn bewogen, mich als Tochter zu artikulieren', denke ich noch bei mir und erwarte eine Katastrophe.

Sie sagt zu mir: „Das ist schön, dass Du das sagst. Meine Tochter hat mir übrigens gesagt, dass sie sich auch auf Dich freut."

„Simone, ..." Ich nehme ihre Hand.

„Dana, ich habe Dir sehr Unrecht getan, bitte verzeih' mir. Ich habe inzwischen mit meinen beiden Kindern gesprochen.

Ich musste mich ihnen, und sie sich mir offenbaren. Jetzt erst habe ich überhaupt verstanden."

Ich stutze und nehme auf dem herrlichen Sofa, das sie mir mit einer eleganten Handbewegung zuweist, Platz und bemerke, wie sie sich langsam und schwer in den Sessel mir gegenüber fallen lässt.

„Was darf ich Dir anbieten, Dana?"

„Nichts, liebe Simone, vielleicht später, ich möchte Dir zunächst nur zuhören, wenn ich darf." Erwartungsvoll schaue ich sie an.

Sie lächelt, atmet und sagt dann mit einer gewichtigen Bedeutung, die sich wie eine Schwere über uns beide legt:

„Dana, ich muss Dich um Verständnis und aufrichtig um Verzeihung bitten. Du musst wissen, dass ich mich noch niemals in die Hände bzw. in die Arme einer Frau begeben habe."

„Ich weiß….", flüstere ich langsam, und mache deutlich, dass ich ihr aufmerksam zuhöre.

„Meine Tochter, Du weißt das sicherlich, hat zwei Kinder von zwei Partnern, wie bei mir.

Ich habe mich immer wieder gefragt, warum ihre Beziehungen alle in die Brüche gehen, und ich selbst war wie im Wahn, den *Mann für's Leben* finden zu wollen."

Ich neige meinen Kopf, gespannt, was nun folgen wird.

Sie führt weiter aus: „Dana, ich habe mich lange so unwohl gefühlt, bis meine Kinder vor zwei Wochen anriefen, und zu mir kommen wollten. Beide hatten sich vereinbart, und ich freute mich natürlich, dass sie wieder einmal in diese Gegend kommen. Sie kommen sonst ja nicht mehr hierher.

Nun lass' mich Dir etwas mitteilen, was mir nicht leichtfällt: Meine Tochter hat mir gestanden, dass sie schon seit der Trennung von ihrem zweiten Partner – sie hatte ja bewusst nicht geheiratet, auch nicht den Vater ihres ersten Kindes – mit einer Frau zusammenleben würde. In Berlin."

Ich warte gespannt, was sie nun wie äußern würde, und sie spricht ganz ruhig weiter:

„Mein Sohn kam dann ebenfalls mit einer Offenbarung: Er habe sich schon während des Studiums in einen seiner noch sehr jungen Professoren verliebt – ich fiel aus allen Wolken."

Ich sitze wie elektrisiert. Sie fährt ruhig fort:

„Er hatte meinem Sohn die Position als wissenschaftlicher Mitarbeiter angeboten, und diese ist sogar unbefristet – wo gibt es das heute noch?"

Ich schaue schräg und zwinge mich, nichts zu sagen, sondern aufmerksam weiter zu lauschen, wie sie fortsetzt:

„Ich habe damals meine Tochter angerufen, als Du Dich mir offenbart hattest, aber sie sagte nichts dazu. Sie sagte immer wieder: Mama, ich muss Dich auch einmal sprechen, aber ich habe zu ihr gesagt: ,Jetzt nicht, ich habe keine Zeit, muss erst einmal alles verarbeiten.'

Ich wusste mir keinen Rat, verzeih' bitte."

Ich schüttele lächelnd den Kopf und warte, was noch folgen würde.

„Tja, und mein Sohn und sie haben sich inzwischen untereinander verständigt, als sie erfuhren, was mich bewegt; aber beide wagten es nicht, mir etwas zu sagen."

Dann habe ich vor einiger Zeit Marion angerufen. Ich habe gesagt, ich brauche ihren Beistand. Sie hat mir die ganze Zeit zugehört, intensiv, und hat mir dann geraten, mich mit meinen Kindern zu beraten. Diese waren hocherfreut, erleichtert, aber auch besorgt und etwas bestürzt.

Marion hatte mir dann eine intensive Gesprächstherapie angeboten, die einige Zeit gedauert hat. Jetzt, nach einer so langen Zeit, als ich mich endlich einmal selbst in Frage und meiner Verantwortung gestellt habe, konnte ich mich mit mir selbst ins Reine begeben. Dann war ich bereit, auch meinen Kindern zuzuhören, die sich mir schon immer anvertrauen wollten, das aber nicht gewagt hatten."

Ich muss wieder innehalten.

Sie setzt fort:

„Dana, ich weiß, wie sehr ich Dich verletzt habe. Niemals habe ich es mir eingestanden, dass ich meine eigenen Bedürfnisse überhaupt artikulieren und entwickeln durfte. Ich war wie im Nebel, im Dunklen – es hat mich so viel Überwindung gekostet, mich überhaupt anderen Menschen anzuvertrauen und mich selbst anzuerkennen."

Ich nicke aufmerksam und frage, weil ich spüre, dass sie wieder aufgeregter wird:

„Ist denn Marion, die ich übrigens sehr schätze, eine Freundin, eine wirkliche Vertraute für Dich?"

Sie nickt. „Ja, ich habe ihr viel zu verdanken."

Ich warte wieder gespannt, und sie sagt:

„Ja, Dana – und die Gesprächstherapie hat mir gutgetan. Ich hätte das schon viel eher tun sollen."

„Das war eine gute Entscheidung, Simone, und Du siehst – darf ich Dir das sagen – auch irgendwie ‚befreit' aus."

Ich will ihr ein Kompliment machen, und sie senkt den Blick.

„Dana, sei mir bitte nicht böse, ich habe mich wie eine Törin verhalten."

Ich ergreife ihre Hand, sie lässt es geschehen. „Simone, das war völlig verständlich, und ich kann Dich mehr als jeder andere verstehen." Nun strahlen ihre Augen mich an, sie offenbaren sich wie damals, als ich sage:

„Simone, ich hätte auch bis an das Ende meiner Tage gewartet, auch nur einen einzigen Blick von Dir zu erhaschen, aber dass Du Dich bereit erklären würdest, mich zu empfangen, hätte ich mir nie zu träumen gewagt. Ich hatte meine eigene Hoffnung, von der ich sonst so zehre, fast schon aufgegeben, bitte verzeih' Du *mir*."

Sie steht nun auf, den Blick ernst auf mich gerichtet, und ich erhebe mich sofort mit ihr und warte, was nun geschehen würde.

„Dana, bitte nimm' mich in den Arm. Ich bin so kraftlos, es war alles zu viel."

Sie sinkt in meine Arme, und ich nehme sie behutsam auf, während sie sich ganz fallen lässt. Sie lehnt sich an mein Gesicht, und ich spüre, wie Tränen über ihre heiße Wange laufen.

Auch mich bewegt ihre Offenheit, und ganz ohne Erwartungen halte ich sie ganz sanft, aber sicher und fest, und ich warte, bis sie sich ganz ausgeweint hat, und dann hebe ich sie vorsichtig auf die Couch.

Ich setze mich auf den Fußboden neben sie und halte ihre Hand. Ganz behutsam führt sie diese an ihr Gesicht, birgt ihre Wange hinein und sagt zu mir: „Dana, ich habe in meinem Leben so viel Schlimmes erlebt, und ich habe es immer verdrängt."

Sie schluckt, ich lege meinen Kopf sanft an den Couchbereich, er berührt ihren Oberarm und ich spüre, wie sie innerlich zu beben beginnt.

Ich sage nichts, lasse sie sprechen.

Sie offenbart mir, während ich weiter fest ihre Hand halte und ihr versuche, alle Nähe und Geborgenheit zu geben, dass sie bereits als Kind von ihrem alkoholkranken Vater in regelmäßigen Abständen, je nach Schwere der Konsumtion des Getränkes, das sie nur als „Gift" bezeichnet, geschlagen wurde.

Sie und ihre Schwester wurden – ohne Wissen der Mutter – noch minderjährig von ihm benutzt – in jeder Form von Gewalt. Als der Vater verstarb, trauerte die Mutter tief und befangen, und niemals hatten sich die Mädchen dieser, auch nicht vor deren Tod, anvertrauen können.

Als sie zum Studium ging, wurde sie – noch zu DDR-Zeiten – mit der Liebe zur Wissenschaft vertraut gemacht, in der sie ganz aufzugehen vermochte, und als die politische Wende kam, mussten sich Frauen in der Medizin rechtfertigen, erklären und vor den westlichen Kollegen behaupten, bei denen noch ein immenser Chauvinismus verbreitet gewesen war.

Ihre Facharztzeit absolvierte sie – noch über die Neuorientierung der Krankenhäuser – wie sich nun herausstellte, am Krankenhaus in meiner Geburtsstadt, und auch dort gab es inzwischen Anfeindungen und Provokationen der männlichen Kollegen bis hin zu einer gewaltsamen Annäherung bei einem Betriebsfest, bei dem ihr erster Partner, ein verheirateter Mann, sie scheinbar rettete.

Hinterher und in ihrer Schwangerschaft ließ er sich dann mehrfach darüber aus und machte sich in der typischen Art über sie als *„kleines, schwaches Frauchen mit zierlicher Gestalt"* förmlich lustig.

Sie ging – nach ihrer erfolgreichen Facharztprüfung und der eingereichten Scheidung dann in jene kleine Provinz, von der sie glaubte, den Intrigen einer größeren Stadt zu entfliehen, und wurde mit einem System noch härterer Männerdomänen vertraut:

Hier gab es nämlich seinerzeit nicht nur keine einzige Chefärztin, sondern sie wurde auch in beiden chirurgischen Bereichen – Allgemeine Chirurgie und Unfallchirurgie – eingesetzt.

Hämisch erwartend, wie „das kleine zierliche und verwöhnte Frauchen" – so der Tonfall – das blutige Handwerk meistern würde, wurden schon Wetten abgeschlossen und sogar die Patienten und das Personal aus der Pflege instruiert, mitzuwirken, aber nicht etwa zu unterstützen.

Sie entschloss sich, parallel eine Promotion zu wagen, und gewann dafür den im Dresdener Uniklinikum hochdekorierten Handchirurgen, der abgetrennte Finger und Hände wieder zu virtuosesten Pianistenfähigkeiten zusammenzusetzen bekannt war, dafür aber als Vorgesetzter unerbittlich, hart und unbeeinflussbar.

Dieser zu ihr auch väterliche Freund – inzwischen zu einer Legende geworden, da schon verstorben, ein Jahr, bevor ich in das Klinikum kam – forderte seinerzeit höchste Einsatzbereitschaft und ein diszipliniertes, knallhartes und kompromissloses Vorgehen.

Ihr Ehrgeiz und ihre Hartnäckigkeit ließen sie damals erfolgreich bestehen:

Und während die erstaunten Mienen sich vervielfältigten, die derben Männerkommentare verschwanden, und die Riege der von sich eingenommenen *Götter in Weiß* langsam durch neue Generationen etwas jüngerer Chefs sich altersbedingt auszutauschen begann, wurde sie zu einer geachteten und gefürchteten Chirurgin, die nicht weiter nach anderen Dimensionen strebte, sondern ihre solide Arbeit am Menschen versah.

Sie zitterte, als sie mir dies mitteilt, und die Tränen der Verbitterung, aber auch der Erlösung rinnen ihr über das Gesicht.

Der Vater des zweiten Kindes – des Sohnes – war ein ebenso selbstgefälliger Angeber und hatte sich aus der ersten Ehe mit einer Frau „befreit", um bei ihr unterzukommen.

Er wollte alsbald, dass sie ihren Beruf aufgeben würde, und nach der Eheschließung wurde er schon widerlich, nach der Schwangerschaft mit ihrem Sohn, die ihm ein Graus gewesen sein soll, verließ er sie kurzerhand.

Zuvor hatte er versucht, sich der Tochter zu nähern, die ihrer Mutter dies anvertrauen konnte. Er war ein seit Jahren geachteter Leiter einer Kinderklinik in einem benachbarten Ort, und Simone stieß mit ihren Bedenken und dem Versuch, dessen Neigungen zu thematisieren, allerorten auf Ablehnung, musste schließlich die getätigte Anzeige zurücknehmen und noch um den Sohn vor Gericht bei der Scheidung kämpfen.

Sie hatte sich die Schuld dafür gegeben, und sagte mir, dass ihre Kinder ihr ganzer Stolz wären, weil sie diese allein aufgezogen hatte.

Als diese dann jedoch die Heimat flohen und Aufnahme in den Universitätsstädten fanden, war sie gleichfalls stolz, ahnte aber schon, dass die beiden Kinder sich damit aus ihrem Leben und dieser Gegend mehr oder minder für immer verabschiedet hatten.

Nun wusste ich, warum der Alkohol, die Anfeindungen und die Arbeit bei ihr in einem nun so verständlichen Verhältnis standen und diese „Rückschläge" ausgelöst hatten.

Dass die medizinische, chirurgische Arbeit das Einzige war, das sie sich bewahrt, behauptet und aufrecht erhalten hatte, schien nun mehr als offenkundig, und dann erklärte sich auch, dass sie sich nur mit den jungen, nachgefolgten Ärzten aus den chirurgischen Kliniken umgab.

Dann erklärte sich auch, dass die erwarteten frivolen Kommentare, die auf ein mögliches Outing folgen würden, wieder eine Wunde in die so verletzte Seele der geschundenen, aber starken, arrivierten Frau reißen würden.

Sie weinte sich aus. Ihre Tränen liefen ihr über das Gesicht und benetzten meine Hand, die tröstend über ihr Haar strich.

Ich sagte nichts, ließ sie gewähren. Wie stark musste dies alles auf ihrer Seele liegen, und wie schwer hatte sie dies alle Jahre verdrängen, aber niemals vergessen können.

Ich spüre, wie ihre Atemzüge langsam ruhiger werden, und dann fällt ihre Hand leicht auf meinen anderen Arm – sie ist eingeschlafen.

Vorsichtig lege ich ihre beiden Hände so, dass sie sie nicht abdrückt, und nehme vom anderen Sessel ein Wollplaid. Auf der Fußbank liegt ebenfalls noch ein dickeres, das ich vorsichtig über sie lege.

Ich hole leise aus meinem Wagen eine andere Wolldecke, auf die ich mich direkt vor die Couch, auf der sie schläft, auf den Fußboden lege, und versichere mich zuvor, dass richtig abgeschlossen und das Tor der Einfahrt, in der mein Wagen noch steht, zugezogen ist, damit niemand auf das Grundstück oder in das Haus dringen kann.

Sie erwacht gegen zwei Uhr und will aufstehen, als ich ebenfalls wach werde, und sie vorsichtig aufmerksam mache, dass alles ruhig und sie in Sicherheit ist.

Ich muss innerlich aufhorchen: Ich bin Gast in ihrem Hause, lege mich schützend vor sie, und versichere ihr, dass sie in ihrem eigenen Haus sicher ist – es scheint absurd, und doch sagt sie: „Danke, dass Du da bist, Dana. Aber bitte: Du musst Dich ins Bett legen, ich schlafe auf der Couch weiter."

Ich interveniere, und insistiere darauf, auf dem Boden in unmittelbarer Nähe zu ihr weiter mein Lager aufzuschlagen, damit ich sie sicher und geborgen weiß.

Sie bettet ihren Kopf auf die beiden Hände, sieht zu mir, die ich auf dem Boden mich zu ihr wende, und streift sanft durch mein Haar, das sich durch den Aufenthalt auf dem Boden ganz in Wellen gelegt hat:

„Wie schön Du bist, Dana."

Ich blicke sie an und lächle ebenfalls zu ihr: „Nicht annähernd so schön und so stark wie Du, meine teure Simone."

Ich sehe, wie ihre Hand mein Gesicht berührt, und küsse diese zärtlich auf den Handrücken.

Sie schließt die Augen und ich lege behutsam ihre Hand wieder auf ihre Decke, in die sie sich birgt und die sie mit einem wohligen Räkeln wieder um sich schließt, wie eine schützende Hülle, der nun den Panzer, den sie an diesem Abend abgelegt hat – erstmals ablegen durfte – ersetzen wird.

Am nächsten Morgen macht sie Frühstück. Ich mache mich zum Gehen bereit, muss mich umziehen und habe keine Sachen im Wagen. Sie fragt erschrocken:

„Bleibst Du noch, wollen wir zusammen frühstücken?" Sie fragt ganz vorsichtig.

Ich nicke lächelnd: „Wenn ich noch darf?"

Freudig schenkt sie mir Kakao ein, und ich genieße den frischen Toast, den ich förmlich verschlinge. Sie berührt wieder meine Hand, und ich werde ganz weich.

„Dana – ich weiß nicht, ob ich das sagen darf. Ich liebe Dich."

Ich sitze wieder wie erstarrt. Mein Herz scheint in diesem Moment stehengeblieben zu sein, und ich muss schneller atmen:

„Simone, bitte, sag' das nicht, wenn es nicht so ist", sage ich leise, „ich vertrage keinerlei emotionale Achterbahn mehr. Auch bei mir sind Wunden entstanden, aber sicherlich nicht vergleichbar mit Deinen, und auch nicht so schwer in ihrem Heilungsprozess."

Sie ist ganz gefasst und fährt fort:

„Dana, Liebe, Freundschaft und Nähe, Begehren, Sexualität, sexueller Missbrauch, eine Beziehung, Zusammenleben und eine Ehe – das alles sind völlig unterschiedliche Konzepte, und ich weiß nun endlich:

,Ja – ich liebe Dich. Es ist Liebe.

Es ist nicht nur Freundschaft, die auf eine harte Bewährungsprobe gestellt wurde, es ist mehr – es ist Leben.

Es ist alles, *durch Dich*."

Mein Herz stockt, ich beginne zu erbeben.

Sie spürt dies, und nun fängt *sie* mich auf:

„Dana – ich wollte es nicht wahrhaben, mir nicht zugestehen, es nicht eingestehen."

Sie bleibt ganz ruhig und fährt fort:

„Ich war nicht bereit, mir darüber klar zu werden, dass ich überhaupt lieben kann, dass ich geliebt sein würde und dass Deine Liebe mich eines Tages würde ‚erretten' können."

Ich stocke, und meine Augen schließen sich.

„Dana – Du bist so offensiv in mein Leben getreten, hast mich berührt mit Deinem Wesen, mich dabei so eingenommen, aber zugleich irritiert und mich so empfänglich gemacht, dass meine Gefühle in Gänze durcheinandergeraten sind. Ich war völlig aus der Bahn geworfen, habe keinen Boden mehr unter meinen Füßen gespürt, denn *alles* war auf einmal in Frage gestellt."

Zu diesem Satz nicke ich verständnisvoll, und sie schüttelt den Kopf; und wieder treten ihr Tränen in die Augen:

„Dana, was habe ich Dir nur angetan?"

Ich nehme sie wieder in meine Arme, und da dieser Tag dienstfrei für uns beide ist, wie wir erst im Gespräch miteinander erfahren, halten wir uns fest, ganz fest, und ich bleibe bei ihr.

Am Nachmittag sagt sie zu mir:

„Wollen wir Marion anrufen? Ich möchte, dass sie weiß, dass ich jetzt ‚geheilt' bin. Was meinst Du?"

Ich nehme ihre beiden Hände behutsam zu mir und nicke dann verständnisvoll, dabei erinnere ich mich an Marion, die mir sagte, ich solle nichts erwarten, nichts erzwingen, so auch keine Belehrung – die Simone jetzt sicherlich nicht benötigt – dass nicht sie, sondern eigentlich *die Umgebung* geheilt werden müsse, denn sie selbst ist keine *Erkrankte*, sondern nur eine *Verwundete*.

‚Wie passend', muss ich dann denken, da sie ja Chirurgin ist und sich in ihrer ganz eigenen Fachdisziplin um Verletzte und Verwundete, und weniger um *Erkrankte* bemüht.

„Nein, Simone, ich habe nichts dagegen, sondern meine ebenfalls, dass wir diese – unsere – gemeinsame Freundin ‚einweihen' sollten......"

Zuvor holt sie noch ihren Dienstplan, und wir stimmen ein Treffen mit Marion, die wir gemeinsam einladen und sozusagen als Erste mit unserer „Befreiung" überfallen wollen, ab.

Dann fahre ich nach Hause, und zum Abschied umarmen wir uns innig.

‚Gib‘ ihr Zeit‘, hatte Marion gesagt, und ich nehme Simone behutsam in meinen Arm und sage ihr dann:

„Lass Dir Zeit, Simone. Mit allem. Ich warte auf Dich.“

Sie nickt wissend, und ich weiß, dass sie jetzt ihre beiden Kinder anrufen, sich mit ihnen aussprechen, und die Last, die sie so lange getragen hat, endgültig abwerfen wird.

Ich fahre zurück in meine Wohnung, und rufe meine Schwester an, die mich bestürmt und in ihren Gedanken umarmt. Sie ist außer sich vor Freude und sagt mir – genau wie Marion – dass ich vor allem meine Ungeduld zügeln und bezähmen müsse.

Meine Schwester kennt mich als ungestüm, und sie sagt weise am Ende des Telefonats: „Dana, meine Liebe, ich bin dieser kostbaren Frau unbekannterweise ja so dankbar, dass sie Dich zähmen konnte: Nie hörst Du richtig zu, immer bist Du nur mit Dir beschäftigt gewesen.

Endlich – endlich hast Du auch Verständnis für die vielen armen Menschen, die Du sonst immer nur überfallen hast – Du grenzenlose Marketing-Tante!"

Wir lachen beide befreit, und natürlich drängt sie mich, diese Frau auch kennenzulernen, was wir – ich nehme sie nun beim Wort – natürlich behutsam und mit viel Geduld in die nähere Zukunft legen. Zuvor muss sich Simone erst einmal fassen und alles Erlebte langsam in sich strömen lassen können, um sich dann darüber zu verständigen, auf welche Weise sie sich mit ihrer nun eröffneten, gänzlich selbst bestimmten Zukunft etwas Gutes tun kann und will.

Dafür – und für alles andere – muss man ihr Zeit gewähren und darf sie nicht überfallen, vor allem darf man auch hier nichts erwarten, denn dies wäre wieder wie ein Angriff, den sie als solchen empfinden würde.

Meine Schwester fragt mich deshalb: „Würdest Du denn – darf ich das einfach einmal fragen – Dein *Leben* mit ihr verbringen wollen?"

Auch darüber hatte ich in den letzten Tagen nachgedacht, und ich sage ihr deshalb ganz sanft: „Ja, meine Liebe, aber niemals so, wie das Menschen tun, die frisch verliebt sind und zusammenziehen, Pläne für die Zukunft machen und dann zuweilen auch an Alltäglichem scheitern." Ich ergänze deshalb:

„Ich möchte keinesfalls ‚bei ihr einziehen' und würde auch nicht wollen, dass sie bei mir ‚einwohnt', sondern dass unsere Freundschaft und Nähe sich nun langsam entwickeln und den Anforderungen standhalten mögen. Ich wünschte mir nur – und auch das wäre für mich als sie Liebende schon Erfüllung – dass wir einmal in die herrliche Umgebung fahren, auf einer Wiese liegen und gemeinsam bei einem Picknick Hand halten könnten, und wenn sie zum Dienst eingesetzt ist, weiß ich, dass sie professionell arbeitet, und wenn ich meine Veranstaltungen an den anderen Standorten organisiere, aufbaue und moderiere, dann weiß ich, dass sie in Gedanken bei mir ist und mir Kraft gibt.

Ich benötige zum Glücklichsein nur das Bewusstsein, dass sie lebt, dass es ihr gut geht und dass sie mir nicht zürnt – nichts sonst!"

Meine Schwester hört aufmerksam zu, als ich fortfahre: „Zu wissen, dass sie da ist und an mich denkt, gibt mir schon unendlich viel Kraft.

Ich weiß nun, dass es sich gelohnt hat zu warten, *um* sie, *mit* ihr zu kämpfen und nun, da wir beide das Schönste uns zu eigen wissen, was Menschen begegnen kann, weiß ich, dass ich wieder lebe. Endlich *lebe* ich wieder, weil ich sie liebe und sie mich!"

Meine Schwester ist berührt und spürt, was nun auch an Sorge und Qual von mir abzufallen beginnt.

Inzwischen klingelt das Telefon, und es ist Simone.

Ich muss das Gespräch mit meiner Schwester beenden und bin wieder aufgeregt, wie am ersten Tag unserer Begegnung auf ihrer Station.

„Dana, wie schön, dass Du da bist. Hast Du Zeit?" Sie hebt die Stimme, wieder etwas unsicher, fragend, im Zweifel, ob ich mich ihr widmen möge.

„Ja, Simone – immer. Das gilt heute, und für alle Jahre meines Lebens", füge ich hinzu, und spüre, dass noch ein langer Weg erforderlich ist, der ihr Sicherheit und Souveränität verleihen wird, und ich befürchte schon, dass sie unsicher wird.

Aber das Gegenteil ist der Fall.

Wir verabreden uns für ein schönes Essen in unserem eigenen Hause am Klinikum, denn in der Zwischenzeit hatte unsere Geschäftsführung das Bauvorhaben einer neuen, modernen und einladenden Kantine fertig stellen können. Sie wartete mit einem Open-Air-Bereich für mehr Gäste, vor allem aber Komfort und Leistungen für die Patientinnen und Patienten, Angehörigen und Familien, Besucher und Gäste auf. Auch dies war ein weiterer Schritt in meiner Arbeit für die Menschen, die bei uns waren.

Zur feierlichen Einweihung war ich gebeten worden, die Veranstaltung zu planen und zu organisieren, anzukündigen und die Pressearbeit dazu zu übernehmen.

Die Veranstaltung war in zwei Wochen angesetzt – und nun wusste ich, dass auch dies
gut gelingen würde.

An einem der folgenden Tage würden wir
uns dann auch mit Simone dort treffen und
auf unsere Freundschaft anstoßen. Wir hatten vereinbart, in der Öffentlichkeit genauso
freundschaftlich zu verfahren, wie in der Zeit
unseres Kennenlernens, und stellten fest,
dass niemand daran Anstoß nahm.

Marion hatte sich – überglücklich über ihr er-
folgreiches berufliches Wirken – mit einer befreundeten Immobilienmaklerin verbunden,
die sie zu unseren Treffen mit Simone mit-
brachte; sie wollte dieser damit auch die
Sorge nehmen, dass jemand sich in Gegen-
wart der beiden unterschiedlichen beruflichen
Disziplinen an der Verbindung gestört hätte.

Zugleich spürte Simone, die zuvor nichts von
den Präferenzen Marions wusste, dass sie
sich dieser auch für ihre Fragen in Bezug auf
die Gestaltung der Freundschaft und Nähe
hin zu einer innigeren Beziehung und Bin-
dung anvertrauen konnte, ohne sich wie lä-
cherlich vorzukommen.

Dass eine Klinikerin bei einer Psychologin Rat ins Lebensfragen einholen würde, konnte Marion nur begrüßen, und dass sich hier beide Frauen auch als Freundinnen über die – für Simone – noch unbekannte Sexualität austauschen konnten, war ebenso wichtig, obwohl (oder gerade weil) wir beide bisher noch nie dazu gesprochen hatten.

Ich wusste natürlich, dass auch die Berührungen, die Begegnungen außerhalb körperlicher Vereinigung eine Form von Sexualität darstellen, wie es nach westlicher Meinung der Psychologen ebenfalls auch zur lesbischen Identität und Sexualität gehörte. Für Simone war dies neu, und daher hatte niemand das Recht, sie in irgendeiner Weise zu drängen oder etwas auch nur zu erwarten.

Sie selbst würde sich – zu einem Zeitpunkt ihrer Wahl – entscheiden können, wie nah sie mir zu kommen sich ein-, und zugestehen würde, und selbst wenn sie dies nicht gewollt hätte, wäre es doch eine für mich unendlich erfüllte Liebe gewesen – nur rein platonisch in der für mich allumfassenden und grenzenlosen Weise, die sie gab und sie nur in ihrer bloßen Existenz zu geben vermochte.

Mehr als einmal dachte ich wieder an unsere erste Begegnung, und immer, wenn wir dann beieinander weilten – zuweilen in ihrem Garten oder ihrem Haus, zuweilen wieder bei mir – natürlich, und nun immer häufiger, auch im Hause und bei gemeinsamen Ausflügen, Konzerten oder Theaterbesuchen, die wir uns regelmäßig gönnten – sagten wir zueinander: „Weißt Du noch, wie der Patient auf Deiner Station gerufen hatte, damals, im Frühsommer? Eigentlich müssten wir ihm danken, denn er war es ja, der uns zusammenführte", und sie sagte dann: „Ja, der ‚Schreihals', der Arme – wir waren so genervt, ich sehe noch meine Leute auf Station, als wäre es gestern."

Sie ergänzte dann nachdenklich:

„Meine Öse hatte damals gleich gesagt, dass Du so einen besonderen Hauch verströmen würdest, eine gewisse ‚Liebe' für die Menschen. Sie hat es damals schon gespürt. Übrigens, alle sind von Dir angetan, sie hatten immer wieder von Dir gesprochen, und wenn ich dann – in der Zeit, Du weißt schon – in das Dienstzimmer kam, verstummten sie wieder.

Nun weiß ich, dass es eigentlich aus Rücksicht erfolgte, nicht, weil sie mich in Frage stellen wollten."

„Ja, Simone, Dein Team ist schon richtig gut. Das sind faire und anständige Leute, aber die Patienten – die werden wir trotzdem nicht ändern! Hast Du den ‚Schreihals' eigentlich noch einmal später wieder auf der Station gehabt?" Ich musste wieder daran denken, wie interessiert er unserem Gespräch gelauscht hatte.

„Nein', sagt Simone lachend, „aber ich werde einmal unsere Öse befragen, denn diese steht mit seiner Frau, die ihn ja in das Pflegeheim gewiesen hatte, in Verbindung."

Wir verbringen – je nach Diensteinsatz – die kostbaren Stunden miteinander, und inzwischen habe ich nun auch die Kinder und sogar Enkel von Simone kennenlernen dürfen.

Mit den zurückliegenden Wochen sind wir nicht nur enger und fester zusammengewachsen, sondern wir nehmen uns bewusst nur ausgewählte Tage, an denen wir uns treffen und uns austauschen.

Wie immer umarmen wir uns, wie stets berühren wir einander, und immer spürt unsere Umgebung das Knistern, das Unausgesprochene, das Warme und Zärtliche, das sich zwischen uns wie ein Drittes, fast wie ein Medium aufgebaut hat.

Ich muss immer wieder daran denken, wie ich ihr damals auf den AB sprach, dass ,*es doch möglich sein müsste, dass eine promovierte Chirurgin und eine promovierte Medienwissenschaftlerin sich begegnen, ohne einander Wunden zuzufügen.*'

Wie gut alles gekommen war!

Marion rief mich eines Tages an und bat mich um ein vertrauensvolles Gespräch – nur mich, niemanden sonst.

Sie umarmt mich, als ich sie treffe, und ich frage sie, mit meiner gewohnt heiteren Art:

„Wie geht es Dir, liebe Marion? Was macht Deine kostbare Freundin?"

Sie sagt nichts, wird nur ganz nachdenklich, und fragt mich dann:

„Dana – Du wirst mich jetzt hassen, aber ich muss es wissen. Habt Ihr beide, ich meine, Simone und Du.....?"

Ich weiche entsetzt von ihr fort. „Marion....?"

Sie tritt zu mir heran: „Dana, ich will es nur wissen: Habt Ihr Euch ‚gefunden' oder steht dies noch aus?"

Ich verwundere mich, schaue sie an und sage nichts – ich beantworte diese Frage einfach nicht – und warte, was geschieht.

Sie wird aggressiver: „Dana, ich habe ‚auf Dich *verzichten* müssen, damit *sie* zu *sich* findet. Jetzt will ich wissen, ob Du ihr oder sie Dir gehört oder nicht."

Ich bleibe ganz ruhig, denn das hatte sie mir ja selbst geraten, und bin gespannt, was nun folgen wird. Sie sagt, lauter werdend:

„Dana, ich weiß, dass Du bestimmt nicht un-bedarft bist, aber sag' mir, was ist zwischen Euch, dass Ihr Euch aneinander erfreut, dass ihr" – sie lacht fast hämisch auf– „Händchen haltet und dabei Eure Erfüllung findet?! Das ist doch schon irgendwie *pervers*!"

Ich stehe auf.

Meine Worte, die ich mir sorgfältig wähle,
sind nun folgende:

„Es ist ‚*Liebe*', Marion. Liebe.

Das universelle Ideenkonzept, die Illusion,
die Macht des Glaubens. Die Macht der Hoffnung und der Zuversicht.

Es ist L-I-E-B-E.

Liebe fragt nicht, sie fordert nicht. Sie genügt
sich selbst."

Ich wurde sehr ernst und sagte Marion mit einer durchdringenden Bestimmtheit:

„Ich gehe davon aus, Marion, dass Deine
Gefühle mir gegenüber aufrecht waren und
sind. Wenn Deine Empfindungen auch in
diese Kategorie fallen sollten, dann weiß ich,
dass Du ein Recht hast, mir diese Frage zu
stellen, die ich aber – und das ist mein Recht
– nicht weiter beantworten werde."

Ich machte eine bedeutungsvolle, lange
Pause.

Dann ergänzte ich mit betonter Deutlichkeit:

„Falls aber *nicht* – dann hast Du nicht nur kein Recht dazu, sondern ich erwarte von Dir als gestandene Psychologin, die Du uns beide schätzt, vielleicht mich als Frau auch begehrst und Simone achtest, dass Du Deinem exzellenten Ruf, Deiner Achtung, die wir Dir entgegenbringen, und Deiner erlesenen Freundschaft, die uns beiden hoch und heilig war und ist, gerecht wirst und niemals wieder eine solche Indiskretion an uns tragen wirst. Ich bitte Dich nicht, ich gehe davon aus, dass Du dies weißt und respektierst."

Ich lasse sie stehen und wende mich zum Gehen.

„Dana – Dana, bitte. Ich…. Ich *liebe* Dich *auch.* Meine Partnerin hat mich verlassen, und ich weiß mir keinen Rat."

Nun war ich es, die Marion in den Arm nahm. Ich sagte ihr, dass wir beide – Simone von Olden und ich – das, was sie für uns getan hat, niemals vergessen würden.

Marion nahm traurig Abschied. „Ich werde meine Position hier aufgeben. Lebt wohl."

Ich ließ sie gehen, sagte nichts dazu.

Am Monatsende war in unserem Personal-spiegel zu lesen, dass Marion ihre Position gekündigt hatte und sich als selbständige „Lebensberaterin" in den alten Bundeslän-dern einrichten würde.

Ich vermied es, darüber zu sprechen, auch nicht mit Simone, die sehr traurig darüber war und mich anrief, um mich zu fragen, ob ich davon schon gehört hätte.

Ich sagte ihr, dass ich es schon von ihr selbst erfahren hatte, aber nicht *mehr*.

Einige Tage später rief mich Marion noch einmal an, um sich zu entschuldigen.

Ich sagte ihr, dass alles verständlich und in Ordnung wäre, traf mich aber am Abend mit Simone, und entschloss mich, ihr davon zu berichten, dass Marion mir gestanden hätte, auch für mich zu empfinden.

Den eigentlichen Gegenstand des letzten Gespräches offenbarte ich ihr nicht.

Anders, als ich es dachte, war sie nicht ent-setzt darüber, sondern: Befreit.

Zu meinem Erstaunen offenbarte sie mir, dass Marion sie während der Gesprächstherapie immer wieder auch nach pikanten Details ihrer Ehe befragt hatte, um schließlich – so auch die letztliche Offenbarung von Simone zur erlebten Gewalt, die sich ja in vielfacher Hinsicht geäußert hatte – auch solcherlei Dinge aus ihr herauszulocken und von ihr ausführlich erfahren zu wollen.

Ich verwunderte mich darüber sehr, und Simone sagte schließlich: „Dana, ich hatte immer das Gefühl, dass sie so für Dich empfindet, und – ganz offen – das ist für mich kein Problem. Letztlich war es ja ihre Hartnäckigkeit, wenngleich vielleicht aus einem voyeuristischen Blickwinkel – die mir die Augen geöffnet, mir gutgetan und mich schließlich ‚befreit' hat."

Und nun lacht sie aus vollem Herzen, und sagt: „Wer – und auch ich nicht – hat denn das Recht, Dich für sich zu beanspruchen? Wenn sie ebenfalls für Dich empfindet, dann ist es doch nur ein Kompliment an Dich und Deine überzeugende, überragende Wirkung!"

In diesem Moment ergreift sie meinen Oberkörper, schlingt ihre Arme um meine Taille und zieht mich zärtlich zu sich.

Ich lasse es geschehen, und unsere Lippen treffen sich zum Kuss, verweilen innig ineinander, berühren, liebkosen und verzehren sich, so, wie unsere Geister und unsere geschundenen Seelen es zuvor getan hatten:

Endlich, endlich – wir sind befreit, endlich.

Nun sind wir beide nur noch für uns.

Wir sitzen in ihrem Kaminzimmer, sie mit einem Glas Weinbrand, ich selbst über einer Melange mit Sahnehäubchen, als sie ihr Glas zur Seite stellt und meine Hand nimmt:

„Dana....", sagt sie mit einen berührten Gesichtsausdruck, „ich muss Dich etwas fragen...."

„Nein, Simone, frag' bitte nicht, lass es einfach geschehen', hauche ich ihr zu, führe ihre Hand zu meinem Mund und beginne, diese zärtlich zu liebkosen, erst den Handrücken, dann die Innenfläche, ganz langsam und ganz sanft, ohne sie dabei anzuschauen.

Sie umfasst meinen Kopf, streift durch mein Haar und fährt zärtlich über meinen Nacken, hält mein Genick ganz weich und sanft fest, während ich mich in ihren Unterarm vertiefe und diesen sanft küsse.

„Was tun wir hier, geliebte Dana?', fragt sie leise und schließt die Augen, meinen Kopf zärtlich zu sich ziehend.

Während ich mich an ihre Wange presse, sucht ihr Mund den meinen, und sie berührt mit ihren Lippen meine, um sich dann mit einem innigen, weichen und zärtlichen Kuss, den mein Mund zulässt und sich ihr öffnet, mit mir zu vereinen.

Unsere Arme umfassen die jeweils Andere, streichen über den Rücken, über die Schultern und den Kopf, und sie ist dabei so sanft und innig, dass ich mit ihr zusammen auf dem weichen Teppich gleite und wir uns beide an diesem Abend zärtlich verlieren: Wir spüren die Wärme des Kamins, und während sie meinen Sommerpullover über meinen BH streift, knöpfen meine Hände schon den ihren auf und ich gleite mit meinen Küssen hinweg aus ihrem Gesicht über ihren schönen, sehnigen Hals.

Langsam und genussvoll bewege ich mich zwischen den hervorstehenden Schlüsselbeinen zur Mitte zwischen ihren beiden kleinen, festen Brüsten, die ich sanft mit meinen Lippen umkreise.

Das Verwöhnen mit meiner Zunge lässt sie zu höchsten Seufzern erbeben, und sie sagt zu mir: „Ich habe mich noch niemals einer Frau hingegeben, Dana."

Ich halte kurz inne, und sie nimmt meine Hand und führt mich in ihr Schlafzimmer, das sich an das Kaminzimmer anschließt. Hier gleitet ein sanfter, warmer Luftzug durch den Raum, und sie dimmt das Licht, entkleidet sich vor mir und legt sich auf das große Bett mit der weichen Satindecke, die sie um ihren nackten Körper hüllt – alles ist in wunderbarem Rosé gehalten.

Ich sehe, wie schön ihre sehnigen Beine sich überschlagen und ihr bebender Körper sich unter der Decke windet, und sie sagt zu mir mit leicht zur Seite gewandtem Kopf:

„Ich will Dich, Dana. Ich begehre Dich."

Sie atmet schneller:

„Ich begehre Dich und Deinen starken, trainierten, wunderschönen Körper."

Sie bäumt sich leicht auf und ich sehe, wie ihre Hände ihre Schenkelinnenseiten berühren und diese sich unter der Decke zur Seite öffnen.

„Ich begehre Dich und Deine Nähe – so sehr, dass ich mich nicht mehr halten kann." Den letzten Part haucht sie nur noch.

Ich ziehe meinen BH langsam aus, und meine großen Brüste erregen sie. Während ich meine leichte Sommerhose noch anbehalte und mich an die Bettkante zu ihr stelle, erhebt sie sich aus dem Bett, noch immer mit der schönen weichen Decke umhüllt, und beginnt, meine Hose zu öffnen und mich auszuziehen, parallel gleitet die Satindecke von ihren Schultern und auch sie ist nun unbekleidet vor mir.

Wir knien beide auf ihrem Bett und unsere Brüste sind eng aneinander geschmiegt; und während wir mit unsere Armen durch das Haar des anderen streifen, bewegen sich unsere Körper noch näher zueinander.

Sie nimmt die Satindecke wieder um ihre Schultern, und ich gleite mit meinem Mund zu ihren Brüsten und verwöhne sie ausgiebig.

Dann bewege ich mich sanft zu ihrem Bauch, während sie sich nach hinten bäumt und meinen Kopf mit den dunklen Locken mit ihren Händen durchstreift. Ich lege sie sanft auf eines der Satinkissen und lege ein weiteres unter ihrem sich aufbäumenden Körper unter den Rücken, so dass sie sich nach hinten fallen lässt. Die zweite Satindecke ziehe ich nun über mich, die ich nun nur noch mit meinem fest anliegenden Slip bekleidet bin.

Während meine Hände ihre beiden Brüste mit kreisenden Bewegungen massieren und ihre erregten Brustwarzen in meinen leicht gewölbten, angefeuchteten und warmen Handgruben liegen und mit weichen Bewegungen immer fester und höher werden, gleitet mein Mund zu ihrem Nabel, dann mit der Zunge zu ihrer Venus, und sie bäumt sich vor Erregung auf.

Ihre Beine spreizen sich weit vor mir auf, und mein Kopf gleitet in ihren Schoß.

Ich beginne, ihre Labien zu liebkosen, um dann mit einer Hand diese auseinanderzulegen und mit meinem Mund ihre Knospe zu verwöhnen. Meine Zunge und meine Lippen geizen nicht mit Bewegungen, die sie immer schneller atmen lassen, und während sie mit einer Hand ihre durch meine Hand freigegebene Brust selbst massiert, ruht ihre andere auf meinem Kopf und sie durchstreift weich meine sich immer mehr bildenden Locken im feuchten Haar.

Ich merke, wie groß ihre beiden Labien nun sind, und gleite sanft mit der Zunge über ihre Knospe in ihre Vagina, aber sie möchte weiter an der Knospe erregt werden.

Ich gleite mit einem Finger in ihre Vagina, die sich weich und warm anfühlt und diesen wie selbstverständlich aufnimmt.

Während sie sich mit leichten rhythmischen Bewegungen zu mir wölbt, nutze ich nun meine beiden mittleren Finger, die sich rhythmisch in ihre Vagina führen lassen.

Weich und vorsichtig lasse ich diese an ihre warme, feuchte Innenhaut streifen.

Ich spüre ihre Erregung und das Erreichen des Höhepunktes, und bewege meine Hand und meine Zunge schneller.

Schon bäumt die Geliebte sich vor mir auf und es ergießt sich ein Schwall von Leidenschaft, der mir den Atem, und meinen gesamten Körper einnimmt.

Ich umfasse ihr Becken und ihr warmer Bauch presst sich an mein Ohr, das sich inzwischen auf ihre Haut begeben hat und dort ausruht. Ihre Arme durchstreifen mein Haar, und ihr Mund ist leicht geöffnet und sucht die Luft, um der Erregung Raum zu geben.

In langen, tiefen Zügen nimmt sie den abendlichen Hauch, der durch das Fenster strömt, und das sanfte Rascheln der Bäume in ihrem Garten, in sich auf.

„Dana", flüstert sie, „oh, Dana.... das war wunderschön......warum haben wir nicht schon früher ...."

Du warst noch nicht bereit dazu..." sage ich lächelnd, und lege meinen Kopf an ihre Brust, während sie tief und in langen Zügen atmet, und gemeinsam schlafen wir ein.

Als sie am Morgen erwacht, sieht sie, wie ich neben ihr ruhe, noch im Slip und mit der Decke über meinem Bauch, aber mein Oberkörper ist frei.

Sie geht mit ihrer Decke in das Bad und holt von dort ein weiches, irgendwie warmes Öl, das nach einer wunderbaren Essenz aus schwarzem Pfeffer und Leder duftet.

Ich spüre den Geruch, als sie das Fläschchen öffnet, und sehe ihren ganzen Körper, der sich neben mich legt. Sie flüstert in mein Ohr: „Darf ich?", und beginnt, mit ihren warmen, zierlichen Händen das Öl auf meinen Brüsten zu verteilen, und ich lege mich auf den Rücken und küsse sie, die sie wunderbar süß und fruchtig schmeckt.

„Warte", sagt sie, und beginnt, sich mit ihrem Gesicht meinem Bauch zu nähern, während ihre Hände mit dem warmen würzigen Öl meine weichen Brüste massieren und die Brustwarzen immer fester werden lassen.

Sie bewegt ihre Hände sehr angenehm, und ihr Gesicht gleitet tiefer und tiefer, bis ihre Zunge meine Knospe erreicht.

Nun nutzt sie auch ihre Hände, um meine Labien zu spreizen, und ihre Zunge umkreist nicht nur meine Knospe, sondern dringt auch in mich ein und ihre Lippen umschmeicheln dabei meine Labien.

Was für ein Gefühl, was für ein Rausch mich umfängt! So tief hatte ich noch nie eine Frau gespürt.

Meine Labien waren prall und weich, und sie fand Gefallen an diesem Spiel, das mich zutiefst erregte und meine Arme und Hände weit an den Bettrand bewegte und dorthin presste.

Sie wusste mit ihren geschickten Händen an meinen Brüsten immer mehr Erregung und Aufbäumen meines Körpers zu erreichen, und ihre Zunge war meisterlich und mächtig.

Wir liebten und begegneten uns, als ob es niemals Schranken gegeben hätte, fast so, als ob wir uns niemals hätten mit den Gefühlen, die uns geistig einnahmen, auseinandersetzen hätten müssen.

Mit einer metaphysischen, barmherzigen und gütigen Geduld hatte ich diesen Moment ersehnt, auch gefürchtet, weil die von mir geliebte Frau mit ihren nunmehr einundsechzig Jahren als so genannte „Late Bloomerin", als erst spät „Erblühende", die sie nun eine wirkliche Erfüllung fand – nicht durch mich oder in und mit mir, sondern einzig *durch sich selbst* – sich dazu mit sich selbst auseinandersetzen musste, und das Wissen und die Erfahrung, die im Wirken der Gefühle immer auch eine Bestätigung, also ein positives Erlebnis assoziieren müssen, mir hier so unwahrscheinlich erschienen.

Was es für eine solche Frau, die in ihrem Leben viele Facetten von – bis dato ausschließlich heterosexueller – Begegnung mit Menschen erfahren haben musste, bedeutete, als Geliebte, Umworbene und Liebende einer anderen Frau zugewandt zu sein, hat sie schließlich in ihrem Erleben, Erfühlen und Erfahren stark gemacht.

Ich glaube an die Macht der Liebe.

Ich glaube daran, dass diese tatsächlich ein Geschenk ist, in dem Gott uns seine Allmacht nahebringt, seine Unendlichkeit zeigt und uns unsere Unmöglichkeit, etwas rational, berechenbar und messbar zu bestimmen, offenbart.

Wir, die wir lieben, müssen auch in einer so aufgeklärten Zeit wie derjenigen, in der wir uns heute befinden und bewegen, immer wieder die Frage stellen, ob wir zur *Liebe*, nicht zur Sexualität, noch fähig sind und dies auch mit allen Mitteln, die wir geschenkt und verliehen bekommen haben, zu verteidigen imstande sind.

Ich werde diese kostbare Frau immer lieben, und immer werde ich an diesen wunderbaren Tag denken, an dem ich ihr begegnen durfte.

Wir beide haben es erkämpft.

Wir beide haben dafür gelitten, gedarbt und sind durch die Hölle gegangen – nicht in unserer Umgebung, aber in unserem Bewusstsein.

Wir haben Zweifel, Angst und Sorgen erleben müssen, und sind durch die Schmerzen, gegangen, die als Strafe für unsere Anmaßung vom Schicksal angesetzt wurden. Nun leben wir wieder, leben überhaupt erst.

Der ‚*Schreihals*‘ – wie wir den armen, bedauernswerten Mann genannt hatten – ist inzwischen friedlich verstorben. Seine Frau erzählte der Stationsschwester, die im Krankenhaus stets noch „Öse" genannt wird, dass er im Pflegeheim immer wieder nach „*den beiden Frauen*" gefragt haben soll, die damals an seinem Bett standen und die „*in ihrem Blick ein so schönes Leuchten*" gehabt hätten.

Unsere Stationsschwester war eine der ersten, die wir in unsere Beziehung eingeweiht hatten. Sie sagte nur:

„Das habe ich mir schon damals gedacht, ich habe es irgendwie gespürt."

Die Gute!